读客科幻文库

跟着读客读科幻，经典科幻全看遍。

食血草

［日］石黒达昌　著
丁丁虫　译

SPM 南方传媒｜花城出版社
中国·广州

图书在版编目（CIP）数据

食血草 /（日）石黑达昌著；丁丁虫译 .-- 广州：
花城出版社，2022.5
ISBN 978-7-5360-9685-1

Ⅰ．①食… Ⅱ．①石… ②丁… Ⅲ．①幻想小说－短
篇小说－小说集－日本－现代 Ⅳ．① I313.45

中国版本图书馆 CIP 数据核字（2022）049977 号

出 版 人：张　懿
责任编辑：杨柳青　欧阳佳子
特邀编辑：齐海霞　武姗姗
技术编辑：薛伟民　林佳莹
装帧设计：陈绮清

书　　名　食血草
　　　　　SHIXUECAO
出版发行　花城出版社
　　　　　（广州市环市东路水荫路 11 号）
经　　销　全国新华书店
印　　刷　嘉业印刷（天津）有限公司
　　　　　（天津市静海经济开发区北区银海道 48 号）
开　　本　890 毫米 ×1270 毫米　32 开
印　　张　8.25　1 插页
字　　数　168, 000 字
版　　次　2022 年 5 月第 1 版　2022 年 5 月第 1 次印刷
定　　价　45.00 元

如发现印装质量问题，请直接与印刷厂联系调换。
花城出版社网站：http: //www.fcph.com.cn/

TOUJISOU

Tatsuaki Ishiguro

目　录

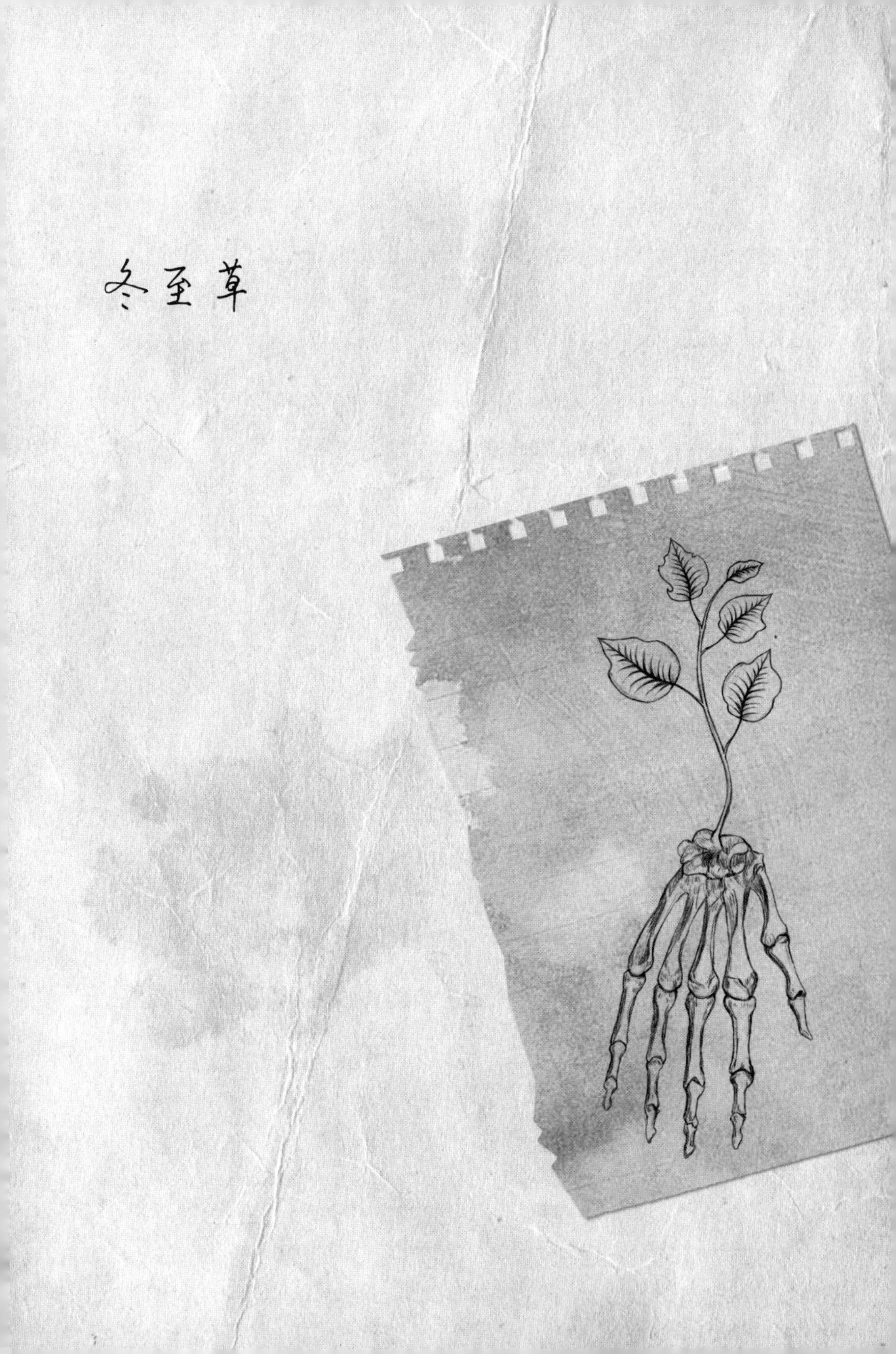

冬至草

“不可能发生之事的发生，推动了科学的进步；而科学的进步，又令不可能发生的事情发生。”

2001 年 9 月 5 日至 11 日，在国立博物馆广阔的广场前，“自然科学宝库展”以伯特·盖的这句发言揭开了帷幕。作为这句发言的象征，展览中展示了一份植物标本。它被保存于厚厚的铅盒之中，只能通过两块反射镜片，由弯曲成“L”形的通道看到它的形状。植物标本的旁边还竖有警告牌，上面写着“处于严密遮挡防护状态下的特别展示”，让人不禁感到一股异样的气氛。展览尚处于企划阶段的时候，主办方看到了 8 月 15 日的《日本科学新闻报》上我写的题为《带有放射性的植物》的文章，而后匆忙决定展示这一标本。

这份标本全长大约十厘米，从花到茎、从茎到叶，全为白色，茎上生有极小的叶片和吊钟状的花，只有埋藏在花瓣深处很不显眼的雄蕊和雌蕊才带有一点点颜色。叶片差不多与茎平行，薄薄的叶片上没有叶脉，光线几乎可以畅通无阻地透过叶片。与其说是叶片，不如说像羽毛一样。在外面的标牌上没有标注拉丁名，只写着“冬至草”这样一个日文名字，以及下面这段说明：

> 该植物发现于北海道最寒之地泊内村的周边，到第二次世界大战结束不久仍有生长。它生长于含铀的土壤中，带有放射性，在当地的农业学校教师发表论文之后灭绝。直到旭川动植物博物馆馆员于2001年5月在本市的乡土图书馆发现标本，该植物几乎未曾引起任何研究人员的注意，连其是否存在都存疑。该植物有夜间发光的记录，但此份标本夜间并不发光。能在放射线中生长的生物，迄今为止只发现了生长在哈伊艾伊群岛的鼻行动物[1]一种。哈伊艾伊群岛是美国的氢弹实验基地，由于此地残留的放射性物质会对遗传基因造成损害，鼻行动物被迫进化出可以修复遗传基因的酶进行自我防御。在普通生物无法生存的严酷环境下繁衍生息的例子，除此之外，还有生长在灼热的火山地带、有耐热性遗传基因修复酶的赤岨菌等生物，因为有可能在宇宙环境中生长，正受到研究者的广泛关注。

旭川动植物博物馆的岩井和夫在乡土图书馆的地下藏书室中翻阅第二次世界大战前后有关植物学方面的学术杂志的时候，偶然从名叫《帝国博物学》的杂志中发现了这份标本。

“我的专业是形态分类学，但这份标本的形态我竟然从来

1 鼻行动物：德国动物学家虚构的物种。据传该物种生活在南太平洋的哈伊艾伊群岛，其特征包括用鼻子行走与捕食、四肢退化、繁殖能力弱等，该物种随着哈伊艾伊群岛的沉没而灭绝。——译者注（本书中注释，如无特殊说明，均为译者注。）

没有看到过。查阅植物图鉴也没有发现类似的记载。不过在夹着这份标本的书页上有篇论文，其中记载的新植物物种，其形态特征与这份标本完全一致，因此我推测这份标本就是论文上所写的‘冬至草’。后来我在接待室的计算机上用‘冬至草’做关键词检索，可是没有找到任何论文和专著。看来有关这种植物的论文虽然发表过，但是不知道什么原因又被遗忘了。”

重新发现这份标本的时候，岩井考虑是否应该将这种植物的存在向英文杂志报告，以便给它取一个正式的学名。同时，虽然没有发现处于生长状态的冬至草，但这份标本的保存状态很好，至少可以做形态学上的分析。岩井还考虑能否分析它的遗传基因，恰好我和他同在一个学会，关系很好，他因此给我打来电话，请我帮忙分析，随后便将标本用发泡塑料和干燥剂仔细包好，发到了位于东京的分子细胞学研究中心。

“这一份恐怕是世界上仅存的标本，切片分析时请务必小心，尽可能少切取叶片，千万不要损伤整体形态。”

岩井特意将这句话写在纸上和标本一同寄过来。标本整体的透明感和光泽度让人不禁想起纤维质地的人工花。通常，为了进行基因分析，需要利用酶将微量的遗传基因进行复制增殖，这种方法被称作 PCR[1]。具体做法是，将标本的根在液体中

1 PCR：Polymerase Chain Reaction，指聚合酶链式反应，是一项利用 DNA 双链复制的原理，在生物体外复制特定 DNA 片段的核酸合成技术。该技术可在短时间内大量扩增目的基因，常用于遗传疾病的诊断、基因复制、亲子鉴定和犯罪现场的 DNA 证据分析等。

浸泡一段时间，然后将液体与酶一同放入试管，注入反应液，再将试管放置在恒温箱中进行反应。这种方法的条件是要将待分析的遗传基因通过连续合成反应加以铸型，不过这时候需要有被称作引物[1]的DNA片段。如果不知道待分析的遗传基因究竟属于何种植物，那就只有使用已知的植物遗传基因了。一般而言，不同的植物之间，遗传基因的差异其实不是很大，各种植物的DNA基本上具有很高的相似性，诸如叶片大小、花朵形状等用肉眼可以分辨的差异，实际上仅仅是遗传基因中极小一部分差异的外在表现而已。

然而，冬至草的分析结果却出乎我的意料。用吸液管吸取反应后的液体，将之滴入琼脂培养基，电泳之后置于紫外线下观察，却看不见本应该被染色液染成橙黄色的DNA带。调整温度、改变引物的种类和长度再次试验，连续测试了三十多次，却只有一次的合成反应取得成功。将仅有的成功产物放入自动DNA分析装置，再将分析出的碱基序列输入计算机，得到的检索结果却显示：所分析的生物与人（Homo sapiens）属于同一物种。

在自然环境中存放的样本，在采集、搬运的时候即便非常小心，手上的油垢、汗渍等也有可能残存在样本上，因此时不时会出现检测出的遗传基因增加的情况。这次也许也是这种情况，于是我将取样的根部表面用酸性、碱性等溶液重新清洗，非常小心地再次进行检测实验。但无论做几次，结果都一样。

1 引物：这里指PCR中人工合成的短DNA片段，它们与所要扩增的DNA片段的起始和终止区域完全互补。

就在这段时间里，研究室发生了一点麻烦，遮光保存在暗箱中的胶片有一部分被感光了。这些胶片本是要用于实验的，但在实验开始之前就有部分区域感光变黑，导致无法使用。研究员之间开始相互抱怨，大家怀疑有人操作时不仔细，让光线进入了胶片袋。实验室中的新人因为实验操作还不熟练，成为最大的怀疑对象，被一个个叫来询问，但所有人都矢口否认，而且调查的同时胶片仍然在继续感光，最后大家终于意识到异常之处。一般情况下，如果有光线泄漏，胶片应该是从靠近袋口的部分开始感光，然而暗箱中保管的胶片，都是从中间开始感光的，而且连未曾开封、不可能接触到可见光的胶片都变黑了。这时候大家才明白，这不是一般的光线泄漏事件，而是存在未知的外部放射线发生源。

于是，主管决定封锁实验室，让研究员全部离开，使用盖革计数器彻底检查研究室的每一个角落。实验器材和药品当然不用说，连分配给研究员个人使用的桌子、零钱乃至个人用品都检查了，然而盖革计数器始终没有任何反应。决定性的突破是在搜索的第三天，盖革计数器在保险柜里的冬至草前产生激烈反应，年轻的研究者们纷纷向我投来怀疑的目光，让我禁不住惊慌失措。最终的调查结果是，我采取冬至草标本根部样本的时候，总会顺手把它放在胶片箱边的架子上，这便是引发胶片感光的原因。

接下来的问题是：标本究竟在什么地方受到了放射线污染？因为我在分析实验中从没有使用过放射性物质，便向岩井打电话询问。

“博物馆里没有保存过放射性物质。”

“我这里的实验室也没用过。”

“会不会接触了其他研究室的放射性物质？”

“整个研究中心都没有用过放射性物质。就算要用，最多也只是些放射性极其微弱的物质。”

反反复复来回了好几趟，最终我们得出结论：唯一的原因只可能是这份冬至草标本在岩井发现之前就已经遭到了污染。考虑到很长一段时间里没有人接触过这份标本，我们怀疑污染它的是半衰期很长的放射性元素，但分子细胞学研究中心没有能力确定究竟是什么种类的放射性元素，因此，我将标本转移到放射线研究所，请他们帮助进行详细分析。

一周以后，负责分析的鸣海研究员发来了令人难以置信的分析简报，说这份标本“可能是被铀或铀的衰变生成物污染”。不用说，这绝对不可能是生物实验中使用的元素。虽然污染物与自己无关，但接收标本的时候没有进行检查也是我的责任。因此，我向研究所所长汇报分析结果的时候，所长责成我提交一份有关整个事件的详细调查报告。报告的目的不是要洗清我自己的责任，而是要解释冬至草标本中为什么会混有人的遗传基因，而且还受到了铀的污染。换言之，报告要解释的是，究竟是什么原因导致了标本遭受这样的双重污染。

“论文中记载冬至草生长于泊内周边，这很笼统，范围很大，况且如今冬至草已经绝迹了。不管怎么说，我可不想去调查。”

我想委托岩井帮我调查，但他干脆利索地亮出了白旗。没办法，只能我自己去当地调查了。

我乘的飞机降落在旭川机场。机场建在被农田包围的山丘上，是从山丘上切出的一块平整地面。岩井到机场来接我，我们两个人吃了早饭（虽然早就过了早饭的时间），沐浴着广阔田园上炫目的阳光，乘坐岩井的车前往旭川市内。路上我们谈起冬至草的叶片为什么会是白色的，岩井认为，有可能是因为没有叶绿素，叶片退化了。至于生长所必需的养分，也许都是由根部吸收的。

坐落在人工水池旁边的乡土图书馆是座三层的灰色建筑，古书书库全在地下。升起电动式书架，战前到战时的书籍整齐地排列在上面，其中就有岩井发现的夹有冬至草标本的杂志。所有的书籍杂志都按照年代顺序排列，夹有标本的杂志只是其中很薄的一本。我把盖革计数器放到杂志前面，数字立刻跳动起来，显然有部分放射性物质从标本转移到了纸上。杂志封底的借阅表上没有任何借出记录，也没有任何搬运记录。虽然和冬至草比起来受放射性污染的程度较弱，但从法律上说，这本杂志也必须置于法定机构的管理之下。因此我回到一楼，借用电话向距离最近的旭川理科大学提出保管申请，之后又向刚刚记下的论文作者石川洋三所属的月山町农业学校打去了电话。

“我们找找看，可能会有些资料。”

我的电话被转给校长，校长听完了我的解释，给了我一个似乎颇有希望的回答。

岩井开车，先绕了一点路将杂志送交给大学，然后把我送到了月山町。月山町是个沿着札幌和旭川之间的主干道扩展的细长小镇，石狩河从小镇中穿过。我首先去了车站前悬挂着“永世和平都市”的大幅标语的町公所调查户籍资料，但是没有找到石川洋三这个名字，于是便沿着河边一直走到建在树林中的农业学校。这所学校的校舍很新，穿着工作服的学生们在旁边的塑料大棚里进进出出。我被领着穿过满是家畜气味的长长走廊，来到铺了绒毯的校长室。满头白发的校长拿给我一本学校创立八十周年纪念册，说：“我们这里只找到这个。”纪念册上的历代教职员工名单里，有已经故去的石川洋三的名字。我按照上面记载的电话，给健在的原教员一个个打电话询问，最后终于找到了“秋庭”这个名字，据说他是现在居住在月山的地方历史研究者。

电话黄页中只有一户姓秋庭的人家，我便直接登门拜访，一个中年男子接待了我。研究冬至草的是他的父亲秋庭吾一。秋庭早年是北海道大学农学部的教授，后来辞职回到家乡月山，过着闲适的生活，直到罹患胃癌去世。据说，从做手术到去世为止，秋庭一直在很热心地寻找传说中对治疗癌症有特效的冬至草。男子领我去了他父亲的书房，里面堆得满满的尽是书，其中混杂着他在职时写的《植物学》和《北海道的花草》等专业书籍，还有名为《冬至草传》的自费出版书。储藏室里堆的也都是研究资料，其中有个木箱，上面写着“冬至草相关”，木箱里面的书信都是石川洋三和半井幸吉之间的交往记录。半井幸吉是石川论文中特别感谢的人，似乎半井这个人在有关冬至草的研究中所起的作用比石川更大。在《冬至草传》的开头这样写道：

“冬至草是生于月山的民间研究者半井幸吉发现并命名的物种。论文作者石川并没有见过冬至草。……在冬至草灭绝的今天，有关这种生长方式奇异的植物的研究书籍，只能以自费出版的形式发表，不能不说是很令人遗憾的事。”

我向男子借了《冬至草传》，还有石川与半井之间往来交流的书信，在月山古老的旅馆住了下来。坐在窗边的藤椅上，借着明亮的日光，我翻阅了这本笔调恬淡的《冬至草传》，其中记载的内容取材自秋庭采访的许多人。我一边阅读，一边仔细比对半井与石川的书信，看看这些半井所写的数量远多于石川的书信，相当于书中记录的哪个部分。

《冬至草传》开篇便交代了半井出生在昭和初期，不过半井究竟生于何处，书中也并不确定。

孤儿院院长回忆：“半井被驻地部队发现于神居古潭的溪谷，当时他奄奄一息，即将饿毙。被带到院里的时候他也始终一言不发，而且骨瘦如柴，大家都以为他救不活了。”

然而与这样的回忆不同，当事人半井坚称自己是追一只蓝色的蝴蝶追得太出神，在森林里迷了路。至于说他究竟是被父母抛弃，还是因为迷路走失，恐怕连当事人自己也不清楚。总之，由于报不出亲人的名字，半井没有办理在保护机构临时寄养的手续，就这么进入了月山町孤儿院。

这家孤儿院距离秋庭家只有几百米的距离，当年的孤儿院如今已经变成了一个广阔的公园。不过镇上几乎没有什么孩子，园里的秋千孤零零地在风里摇摆。据说，原先的孤儿院最多的时候收养过三十个孤儿。但因为孤儿院的环境恶劣，冬天里总有孩子因为感冒恶化而死亡。孩子的墓地并排排列在涂着白漆的建筑物旁边。

半井的身上有一颗大大的痣，从脖子一直到胸口，让人想起被火烧伤的痕迹，丑陋的疙瘩像是昨天刚刚出现的一样，显现出深红色。即使是身体健康的时候，半井右膝盖以下的部分也是完全麻痹的，只能拖着右腿行走，因此过于肥大的裤子总有一边很快就被磨破，鞋子也是很快就磨出洞来，到最后没有办法，只能给坏的那只脚穿上草鞋，半井也就整天以这种怪异的形象四处游荡。他总是用手抓着吃东西；和正常儿童一起上课的时候他总是会受到排挤；把他放在残疾儿童的班级里，他又会戏弄那些残疾比自己更严重的孩子，让人很伤脑筋。某一天，半井和高年级学生发生了冲突，被对方从楼梯上推了下去，原本就无法伸直的那条腿摔成了粉碎性骨折。他在床上躺了两个月，之后便只能拄着老师做的拐杖走路了。这根拐杖上没有把手，半井只能握着拐杖本身。为了能够走快一点，他不得不用力握着拐杖，手上常常被磨得尽是鲜血。渐渐地，他和人说话越来越少，那些他蔑视的残疾儿童也开始向他投来怜悯的目光。对于这时候的半井来说，他所能进行的唯一娱乐，只有雨天在沙场空荡荡的时候一个人游逛，或者长时间呆呆地凝视砖块围起的花坛里的花草。

开始的时候，老师们怀疑半井的智力也有问题。不过到了上学的年纪，他却显示出超乎常人的智慧，令老师们大为吃惊。周围的孩子们热衷于木剑、木马的时候，只有他从早到晚咬着指甲靠着墙读书。那个小小的身影让见识过无数孩子的院长都觉得惊异。是不是弄错了他真实的年龄，以至于他上小学的年纪比别的孩子迟了很多呢？

在院长的安排下，半井破例被送进了小学高年级。即使在这里，半井依然是鹤立鸡群。在生物尤其是植物学方面，半井显示出异常的兴趣。他埋头在书库角落厚厚的植物图鉴，只用了一个月的时间，便将植物的名字连同还没有学过的以拉丁字母拼写的拉丁语学名都背了下来，让周围的人目瞪口呆。有空的时候，半井就去附近农业学校的植物园，恰好石川洋三就在那里工作。年轻的石川本来是以更高年级的学生为对象，教他们如何识别植物，而半井的出现引起了他的注意。他意识到半井的优异能力，甚至还向院长建议让半井上中学。正是从这时候开始，半井和石川的关系逐渐亲密起来，甚至可以说半井将石川看作是他唯一的老师。可惜的是，因为以前从没有过先例，院长不同意让半井再上中学。而在很少有富裕阶层的北地，也没有出现能够支援孤儿上学的慈善家。

院长为半井找了一份即使腿脚不便也能从事的不错的工作——在鞋店做包吃包住的佣工。然而在店主教半井如何开展工作的时候，半井却显出一副“这份工作不适合我”的自命不凡的架势。被店主训斥要有好好干活的样子之后，他便径直去了农业学校，不顾旁人的目光，向石川诉说了自己遭受的不公待遇。这样过了一些日子，终于有一天，偶然从比良付的中学传来需要勤务工的消息，半井便立刻抛下月山的工作，跑去了那里。

比良付位于月山与半井发现冬至草的泊内之间，是山峦密布的高原地带。我乘坐大雪线在黑金下车，从这里转乘前往由比的巴士，再沿着丛林间的山道走上两公里就到了。走在视野开阔的缓坡上，静谧的空气令遍布周围的群山都仿佛近在咫尺。秋庭取材时访问过的了解半井的人所在的村子，在附近的矿井荒废后不久也被废弃了。沿着山道，只有二十多间荒屋，有的屋子外面还搭建着冬天用的滑雪屋。在一处像是仓库似的建筑物的屋檐下，一块写着“美人绵”的马口铁牌子随风摇晃。

隐约有风琴声从中学里传来，校舍的房顶也被冬天的积雪压坏了。整栋建筑都显出一副朽败的模样。走廊断了好几处，剥落的黑板旁边摆着生锈的暖炉，放有煤块的铁箱倒在地上。教室旁边搭有一个小房间，这大约就是半井的勤务室了吧。透过房间里小小的窗户向外眺望，可以看见远处连绵的群山。

我走上高原，想找找半井在这里发现并向杂志报告过的虾夷黑百合。成群飞舞的蜻蜓给山的斜面染上了一片红色，走在红花鹿蹄草的绒毯中，随处可见同属百合科的沿阶草绽放花朵，可惜虾夷黑百合的身影始终没有出现。

“为了除去屋顶上厚厚的积雪，我要用梯子爬上屋顶，然后差不多花上整整一天的时间才能干完，中途至少会掉下来一回。”

从半井给石川的书信里，可以窥见他生活的艰难。半井向石川诉说整日忙着修缮校舍的生活，比从前更不知辛苦多少。但即使如此，因为可以在走廊里偷听上课，还可以自由阅读书库里的书籍，他最终坚持了下去。在信中也时常可以看到些颇为自得的句子，比如“我发现老师课堂上教错的地方，于是给学生们纠正，结果被老师骂了”。

冰雪消融、万木吐绿的春天，半井就像得到解放一样，拄着拐杖，兴味十足地在学校周围的草原上漫步。比良付地属大雪山[1]系，纬度很高，植物生态也和月山截然不同。半井的信中说，这里迟开的八重樱颜色很浓，花草的色彩也极其鲜艳。在这里的大雪千鸟，虽然同样开有紫色的舌状花，但花瓣上仅有些微锯齿，与常见种类不同。这份报告受到石川的热烈褒扬之后，半井更加热心地在高原上走动了。

“我发现了本不可能在这个超越北部界线之处生存的虾夷黑百合。虽然个体尺寸小于月山的种群，但从它白色的花瓣上生有黑色斑点的特征来看，应该就是虾夷黑百合。”

半井将标本连同写有上面这句话的便笺一起寄给了石川。石川将便笺上的文章略作修饰，改成简报的形式，联名半井，寄给了名为《植物学》的学术期刊。虽然只是不足二十行的简报，但当半井收到杂志的时候，还是因为自己的名字能够被学术期刊刊登而欢喜不已。但在这之后，由于他更加热衷于采集植物，经常以腿脚不便为由而怠慢本职工作，终于被禁止一切

1 大雪山：位于北海道中央的火山群。

远足行动。对于这件事，半井自己的说法是否真实姑且不论，但他在给石川的书信里写道："这都是因为那些年轻教师嫉妒我的成就。"

在那些教师当中，有一位比半井年长些的美丽女教师，她表现出非常理解半井的举动，而且在各个方面尽力照顾半井。半井这样描述那位女性：

"她会告诉学生，圣德太子的'和为贵'的'和'，与西方的'和平'的'和'不同，算是有点怪异的女性吧。同时她也是个整天把《蟹工船》[1]放在大红衣服的口袋里，一有空就拿出来读的女性解放运动家。我在上楼的时候，她总是会把肩膀给我搭。学生放学之后，她也会在教室里手把手教我静物绘画。"

有一天晚上，这位女教师邀请半井参加邻村的集会。半井本不喜欢这种热闹的场面，不过耐不住她的盛情邀请，终于还是去了。这是十多个人在酒馆里的聚会。

"我从梯子爬上阁楼，与会的人都是矿工和背孩子的女人，看来看去只有她才像知识分子。她请我说些自己的苦难经历，可我不知道该说什么好。"

与会的人说的都是有关社会运动的话题，半井也就学着他们说了不少自己对社会逐渐生出的厌恶与失望。看到自己说的话让那位女教师很高兴，半井也感到十分满足。按照她的指示，下一次集会的时候，他把对禁止自己外出的校长的不满一

1《蟹工船》：日本作家小林多喜二的代表作品，被认为是日本无产阶级文学的奠基之作。作品描写了在蟹工船（既是捕蟹的母船，同时又是制造蟹肉罐头的工厂）上做苦工的劳动者的悲惨生活，反映了战前日本底层人民生活的严酷现实。

股脑儿宣泄出来，引起了与会诸人的强烈同情。

恰恰在这之后不久，校长以恶意怠工为由，让半井选择是被辞退还是换一所学校工作。校长给半井提供的转职学校在北海道最寒冷、最严酷的泊内，但半井已经没有选择了。

“我把自己被解雇的事告诉她的时候，她正和数学老师谈得亲切。听到我的话，她只是淡淡说了一句‘真可怜呀’，别的再也没有了。”

从比良付寄给石川的最后一封信里，半井咬牙切齿地控诉了那个女教师，说自己被她骗了，并且对石川表示了歉意，因为石川费尽周折才给自己介绍了这份工作，没料到自己最后却以这样的形式被校方驱逐。“无论如何，”半井写道，“这世上一定会有一份适合我的工作。”

我从旭川前往半井转职去的泊内，先乘坐深雨本线的特快电车到达新川，然后再搭乘明和线仅有一节车厢的本地列车，一共用了两个小时。沿线多是原生林，列车穿过繁花似锦的山涧溪谷，随后便一直在白桦森林中穿行，最后眼前终于出现了一个大坝围起来的人工湖。列车驶过长长的铁桥，停在只有月台的无人车站上。我下车来到月台的时候，天空飘起蒙蒙细雨，沾湿了我的衣服。

走不多远，便来到了小小的砖石结构的村公所。总务科的接待窗口后面是个年轻的职员，可惜他连冬至草的名字都没有听说过。我请他调查半井转职的学校，他告诉我，北海道已经没有瓦房了，当年给半井居住的古寺也早就拆掉了。

职员告诉我，原先学校和古寺所在的地方，如今已经是一大片广阔的荞麦田。北海道昼夜温差很大，那块地正好用于栽培种植。这时候雨已经停了，阳光透过云层，洒在成片的白色荞麦花上。我拿着盖革计数器走了一个小时，寻找冬至草的痕迹。拖得长长的“哔——哔——”声在潮湿的空气里融化、扩散，四下里一片寂静，没有半点回音。

泊内的冬天可以到达零下三十摄氏度，据说家里的东西都会被冻成冰，不会结冰的只有度数很高的烧酒一类的东西，甚至还有冰箱里反而比外面暖和的怪异现象。即使是现在这个季节，这里也冷得像是南极越冬考察队或者珠穆朗玛峰登山队的演习场一样。对于身有残疾的半井来说，这里严酷的环境一定超出了他的所有预想，而且就在他刚到这里的那一年冬天，记录显示泊内出现了零下四十二摄氏度的日本最低气温。

“我这是来到了一个多么可怕的地方啊！拿起雪耙一走到外面，头发上的汗立刻变成了小冰柱。天气冻得人生疼，撒在地上的尿眨眼间就会结成冰块。

“我住的勤务员小屋太简陋了，简直都要被大雪压垮了。房间只有一扇窗户，窗户外面只能看见对面的雪原，雪原上耸立的树木也都是一片雪白，像是白色的火焰。

“我只能紧挨着小火炉过日子，可惜不管烧多少柴火都感觉不到暖意。有一回我闻到烧焦的臭味，这才发现我那只麻痹得没有感觉的脚已经被火烧伤了，上面尽是水疱，几乎都看不出脚的样子了。

“我真不知道该怎么办才好。在这种地方，植被少得可怜啊。”

给石川的书信里，接连不断都是这类充满哀叹的文字。

春天来临，半井又和在比良付的时候一样，差不多每天工作之余都会去森林里漫步，他唯一抱有的念头就是“能够实现自己价值的只有发现新植物品种”这样一种差不多近乎固执的想法。然而此地特有的寒冷似乎并没有催生出什么新的物种，除了树皮被染成独特的白色，自半井赴任以来两年多的时间里，他给石川的书信中没有提及任何发现。

铅笔素描，水彩写生，这些手法虽然半井都不擅长，但在后来被秋庭评价为重视真实性的写生簿中，半井画了许多他喜爱的北海铃兰。从中可以看出，此地的北海铃兰在颜色与形状上存在各种变异。开在树荫下的北海铃兰，有着大大的叶子和碗状的小花，花瓣的纹路也如人的指纹一样各不相同。作为这一地区特有的植被，北海铃兰的变异形态超过三百种，这在全世界都没有先例。然而，也许是因为半井并不清楚其意义，他没有向石川报告这一发现。根据秋庭的看法，归根结底，半井所做的只不过是“探宝”一般的事情而已。由于学识上的欠缺，他也只能做到这么多了。

尽管要拖着麻痹的右腿，拄杖的手也磨出了血疱，但半井还是尽可能每天都出去散步，只是终究没有得到任何有意义的成果。第三年的夏天，就在半井开始怀疑自己所做的一切努力是不是毫无意义的时候，幸运突然降临在他身上。半井向石川详细描述了那个时刻：

“我一直走到巨树繁茂的半山腰才往回走，回去的路上下起了雨，我迷了路，从红土崖上掉了下去，身子动弹不得。这时候我忽然发现，就在我的眼前，有一株大约三寸高、形状好像百合一样的小草。”

半井在潮湿的土地上半走半爬地凑过去，只见眼前这株小草的小小叶子上带有罕见的白色，被雨淋湿之后更显透明。遗憾的是，这株小草并没有开花，不过半井确定自己没有在图鉴里见过同样形状的植物。

“茎上生出的叶片犹如羽毛一般娇嫩欲滴，简直像是马上就要飞起来一样，给人一种强烈的透明感。叶片的光泽虽然会让人想起在冬天也不会枯萎的岩镜[1]，但那种透明感却完全不同。”

半井伫立在那里看了不知道多久。他担心自己一旦离开下一次就再也找不回来了，于是动手拔掉了周围所有的花草，连小树都一棵棵折断，将四周清出一片光秃秃的空地。

从第二天开始，半井每天都会去那个地方。他的写生簿上留下了大量的素描，各种方位的全体图、茎和叶片的放大图等。这些细致入微的记载，成为这种草在自然环境下生长的珍贵记录，他甚至还用放大镜观察茎秆，连上面的小刺呈螺旋状排列的特征都记录了下来。

自然状态下的观察结束后，半井开始着手在花盆里进行人工栽培。挖草根的时候，他看到地面下根的特异形态大吃一惊。

---

1 岩镜：学名 Schizocodon soldanelloides，岩梅科岩镜属，常绿多年生草本植物，多生长于较高山地的林中或岩壁上，仅分布于日本的北海道、四国、九州等地。

“这么小的草，根系竟然十分发达，相互缠绕、延绵不断，无论怎么挖都挖不到尽头。我挖了一米多深，最后只能放弃。”

由于这种植物的根系太奇异，为了把它移植到花盆里，半井只能选一个适当的地方切断它的根系。但不知道是不是由于根系过短无法从土壤中吸收足够养分，半井把它捧回去后仅仅五天，这棵植物便枯死了。枯死的植物体无法制作成标本，这让半井感到十分沮丧。不过不管怎么说，他发现了植物新种终究是事实。半井把这种植物命名为冬至草，只是没有人知道他为什么起这样一个名字。

半井为了寻找新的冬至草个体，甚至上班时间都会偷偷溜出去。这种植物虽然是新种，但自从第一次偶遇它，半井便发现原来它长得到处都是。本来，所谓的新种应该是指以前从来没存在过的品种，但实际上即使身边司空见惯的品种也常常会被人遗漏。冬至草大概也是同样的情况。半井用沾满泥土的拐杖撑着岩石一步步踏进此前从没有进去过的深山，只见以溪谷为中心，一株株冬至草犹如空谷幽兰般生长着。溪谷日后变成了人工湖的湖畔。

“冬至草和周围差不多高的草混在一起，采摘很不容易。我采摘的时候被旁边的老人们看见，他们告诉我，把这种草磨碎涂在肿块上，效果很好。据他们说，从前这种草很少见，不过二三十年前倒是曾繁荣一时。那个时候，每到现在这个季节，带有棉毛的种子便会随风成群飞舞，落在地里，差不多一年内就会开花。不过冬至草没有繁荣多久，很快数量就开始减少，而且叶片好像也随之变小，整体的透明感也提高了。我怀疑如今我发现的冬至草和以前的不是同一个品种，不过也有可能是以数十年为单位的周期性生长变化的结果。冬至草从前主要生长在森林里，如今却大多分布于溪谷一带，不知道是不是因为对生长环境的要求也发生了变化。不管怎么说，这里气温又低、交通又不方便，大学教授不常来这里调查，可以说是一件幸事吧。"

接着半井又开始尝试考察美学与冬至草数量减少之间的关系。

"自然演化并没有特定的目的。所有一切都是无目的不断试错的产物，所以很容易发生物种灭绝的现象。从这一理论出发，美完全是演化中偶然现象的副产品，不是自然的本来目的。这在冬至草的身上也有共通之处。"

此处的"无目的不断试错"的文字，出自半井背诵之后默写下来的文章《不断试错的进化论》。这篇文章的作者是半井崇拜的美国医学家野口英世[1]。野口英世小时候曾经把左手插进火炉里，结果被严重烧伤，手指全粘在了一起。他背负着这么严重的伤，以小学毕业的学历来到美国，随后在那里声名鹊起，终于成为著名医学家。这样的野口正是半井一生最为崇敬的人物。"某一天我也要去国外。"这句话常常挂在半井的

1 野口英世（1876—1928）：日本著名医生、细菌学家，出生于福岛县。这里说他是美国医学家为作者笔误。他 1900 年留学美国，1928 年在进行黄热病研究时因感染黄热病去世。野口英世在小儿麻痹、狂犬病等研究领域多有建树，为纪念其做出的贡献，日本在千元纸币上印上了他的头像。

嘴边。他埋头于冬至草研究的时期，恰好与内阁留下“复杂怪奇”[1]的言语集体辞职、“神国”与“鬼畜美英”跨海战争开始的时期一致。

在所有人都以日本的战绩为话题的时候，因为身体残疾而不必担心被征兵的半井，将心思都用在了冬至草上。学生们都把这样的半井当成怪人，而教师们也同一提到冬至草就喜形于色的半井完全谈不到一起。北海道基本上都是农业地带，与本州的都市地区相比，食物分配要宽松一些，战争气氛也要冷淡一些。在这样的大环境下，半井的行为大约也被容忍了吧。的确，也许在那个时候，相比于非国民[2]，还是身为怪人或者白痴更好吧。

“下山去也”，半井留下宫泽贤治[3]式的纸条，去山中漫步，却又有了一个不可思议的发现。在山脚地势平缓的地方，有受奴役劳工们的共同墓地。泊内到新川的明和线铺设工程、平川矿井的增产，以及泊内人工湖的水坝建设，使用了许多强掳来的朝鲜人和中国人，其中不少人都因为恶劣条件下的营养不良以及寒冷天气中不断扩散的结核病而死亡。掩埋尸体的大坑附近恶臭洋溢，甚至有传闻说还有鬼魂出没其间。对于村

---

1 复杂怪奇：1939年，苏德签订互不侵犯条约。该条约使日本内阁停止对德同盟谈判，发表声明称“欧洲形势复杂怪奇”，随即集体辞职。

2 非国民：日语中的“非国民”意为卖国贼。但在二战时的日本，凡是反对战争、认为日本将会战败的人都会被打上“非国民”的标签治罪乃至处以私刑。

3 宫泽贤治（1896—1933）：日本家喻户晓的诗人与儿童文学巨匠。日本全国各地的中小学课本均可见到其作品，代表作有《银河铁道之夜》等。

里人来说，那里绝对是不可靠近的禁忌之地，而且因为到处都被挖得像陷阱一样，半井对那里自然也是敬而远之的。但是，为了完成冬至草的分布图，不调查这一大片地区终究不行，半井没有办法，只能小心翼翼地踏入这一块禁忌之地。令他大为惊讶的是，在墓地周围，到处都生长着冬至草，而且远比别处茂盛。

“在别的地方都是孤零零生长的冬至草，在这里却有十几棵纠缠在一起生长的情况，其中还有许多都开出了白色的花。花瓣透明，让人不禁想起玻璃风铃。风吹起来的时候，花朵随风摇晃，简直像是能听到风铃的声音一样。"

恍若梦中的半井，把墓地周边冬至草的分布画进写生簿里，随即便发现了冬至草的分布情况和它开花方式的联系。距离墓地越远，冬至草的生长就越稀疏；距离墓地越近，冬至草的生长就越密集，白色的纯度也更高。至于说开花的冬至草，基本都生长在墓穴的附近，这让半井禁不住怀疑，冬至草是不是以死者的尸体为养分的呢？

“尸体＝养分”——这虽然是一种大胆而可怖的假说，但半井在写给石川的书信中分析了它的合理性。冬至草地下长而发达的根系，就是为了四处寻找尸体这一最优质的养分而发育起来的。半井还试着挖了好几株开花的冬至草，看它们的根系究竟生往何处。在其中一株的根系尽头，半井挖出了一具已经化作白骨的尸体，冬至草细细的根缠绕包裹着白骨。

“那看上去就像蚕茧一样”，半井在书信里这样形容。这样的结果令他对自己的推测更加自信。最终在他挖的八株冬至草当中，有四株的根系下面发现了遗骨，其中三株还开着花。半井由此推测，是不是只有从尸体直接吸取体液，获得的营养才足够支持冬至草开花呢？他把学校捕鼠器上夹住的死老鼠埋到冬至草的根部进行实验，但冬至草从来也没有开过花。

给冬至草施用学校里的农业肥料也宣告失败之后，半井终于想出了一个疯狂的方法。他用小刀在自己麻痹而感觉不到疼痛的脚趾上捅出一个小口子，挤出鲜血滴到冬至草的根部，用这种方法给它施加营养。也许他认为尸体渗出的体液应该和血液的成分类似，直接滴在根部的做法应该更有效率。一周多的时间里，他每天早晚给冬至草滴血，终于在某天早上，半井发现了一个小小的紧闭的花蕾。

“冬至草应该是以血这种动物性蛋白为营养的。”

第二天早上，当花蕾绽放、开出纯白小花的时候，半井欣喜若狂地向石川寄去书信，汇报自己的成果。

虽然此前并没有任何论文报告过以人类的血为营养的植物，不过正如半井指出的，像猪笼草和捕蝇草这类植物消化的虫体其实也和血液一样属于动物性蛋白。既然捕捉昆虫的习性本来就是为了弥补土壤养分的不足，那么从吸收的角度说，也许血液要比虫体更方便吧。

“我在想，以前冬至草大量繁殖的时候，作为营养源的尸体应该不是很多。是不是随着作为养分的尸体的增加，冬至草本身的营养要求也发生了变化？又或者，对血液要求高的个体淘汰了一般性的个体？”

虽然半井也不清楚以上的两种推测在多大程度上符合事

实，但至少在那之后，以前失败的盆栽实验，只要多多少少滴一些鲜血，就可以成功了。

半井的怪异行为渐渐引起了村里人的注意，校长桑野也把半井喊去，让他停止自己怪异的行动。半井认为，只要能得到研究成果，什么都可以无视，但被警告了几次之后，他也不得不担心起自己被再度解雇的可能。就在这种情况下，他想到了一个异想天开的主意。当时正是石油被称作“血之一滴”的时候，半井想，捣烂冬至草之后的提取液，是不是可以作为石油的替代品呢？这可能也是受到了当时盛行的煤焦油代替石油的研究的启发吧。

“为了实现最终的目标，用些权宜之计也没关系吧。”

半井在给石川的信中如此不加掩饰地写道，他认为最好的权宜之计莫过于让大家亲眼看看，随后便和石川讨论自己的构想，商量事先将爆竹里的火药涂在冬至草上，然后当着大家的面点燃的做法是否可行。

“为了决定究竟涂抹多少火药合适，我尝试做过实验。但可怕的是，哪怕是没有经过干燥处理的冬至草，竟然也燃烧得相当剧烈。”

这弄假成真的结果让半井自己也很吃惊。在随后的实验中，半井又发现，捣碎过滤之后的液体并不能直接燃烧。他本来还担心众人会无视栽培难度、大量采摘冬至草，最终导致其灭绝，但有了这个发现后，他就放了心。

公开实验在学校的会堂里举行。有关当时的盛况，秋庭的书里记载了他采访村里人的情况。我也从村公所介绍的老人们那里打听到了他们对当时情景的描述。有些老人说到会的有一百多人，也有老人说超过三百人。不管到底多少人，总之不大的会堂确实被挤得水泄不通。在等待迟到的村公所助理到达最前排的时间里，半井颇为自得地向众人介绍了冬至草的生长情况。不过助理对桑野说，道理可以等会儿再讲，得先把东西给大家看看。于是在桑野的催促下，实验在盖着白布的课桌上开始了。

半井点燃一根火柴，凑近盘子里的冬至草，火焰立刻从叶梢燃起，刹那间就像被虫蛀似的缩成一团燃烧起来。火焰犹如殷红的宝石，慢慢向茎秆推进，这一奇异光景让下面的人群发出一阵赞叹。随后那红色的宝石在冬至草的根部分作几路，伴随着噼噼啪啪的声音向四周挥洒出细细火花，这时人群中爆发出更加热烈的欢呼。当眼前的根变得通红的时候，雷动的欢呼声又变成了对半井的赞叹。我听到一位老人更是将当时的景象描述成线香花火。当然，也有人怀疑其中可能混有若干火药，不过不管怎么说，桑野似乎也真的被半井的这个发明感动了。毕竟在如此遥远的边境之地，竟然也能发明出对战争起到帮助的东西，这确实是很不简单的。此外，半井不断高呼的“祖国的新武器”的口号，大约也感染了他吧。

桑野当着众人宣布，半井可以便宜行事，自行研究如何从冬至草中提取燃料，同时还以定期提交研究成果为条件，免除了半井全部杂务，并将古寺作为教员住宅分配给半井居住。除此之外，桑野还给半井配了一个名叫张本道久的助手。

“不知道是不是吸收了容易腐坏的人类鲜血才开出花朵的缘故，过不了两三天，标本在还没有完全干燥的时候就腐烂了，散发出难闻的味道。我也试着给它加热，想让它早点干燥，可是它突然间就会烧起来，实在没有办法。浸泡保存的标本，也像是要溶解一样，保持不了完整的形状。”

虽然半井花了很大的功夫制作标本，但不管怎么操作都无法成功。不得已，他向石川写信求助，但石川也没有什么很好的办法。半井带着迄今为止他画的所有写生回到月山拜访石川。在石川的力劝下，他开始认真考虑撰写论文向杂志投稿。在新品种的报告方面，日文杂志里最权威的当属《帝国博物学》。于是依照石川的指示，半井开始着手论文写作。到论文完成为止，他拜访石川多达十二次，与石川之间的书信往来有三十二回。

然而，题为《以人血为营养的植物新种》的论文，在投稿之后仅仅三周便被退了回来。询问退稿原因的信件也如石沉大海般杳无音信。对于当时的学术界来说，决定是否在杂志上刊登论文的唯一标准恐怕就是看作者是不是学阀，像半井这种民间研究者的古怪报告大概是怎么也不会被认可的吧。石川认为这份关于植物新种的报告就此埋没未免太可惜，半井也接受了他的说法，于是论文的作者被改为石川，题目也变成了《北海道严寒地区的特异生物》。尽管这篇论文的内容并没有做任何改变，却轻易得到了刊登许可，而头一次便被拒绝的半井，连作为第二作者署名的权利都没有，只在论文开篇谢词里有所提及。

“在这个国家，所谓科学这样高级的活动是不存在的。”

论文刊登后不久，半井给石川寄来了一封信。信里对石川只以自己为作者、半井连第二作者都不是的不公正待遇表示了强烈的不满。从这封信开始，两个人的关系便疏远了，似乎直到半井过世都没有恢复。大学生写论文，第一作者要署教授的名字，这在当时本来毋庸置疑。而且从石川的角度来看，在过去的无数次修改中，自己也付出过极大的心力，这篇论文差不多也可以被视作自己的文章吧。无论如何，从结果来看，冬至草这样一种曾经在世上存在过的生命，有关它的报告仅留下这一份以形态研究为主的论文。但这样一份半井本以为代表了研究业绩的论文，却引起了桑野的愤怒。桑野一直将冬至草可燃成分的提取作为“绝密研究”对待，他明确指示，今后包括栽培在内的全部实验都要在分配给半井的古寺内秘密进行。

至于说在古寺里半井到底做了些什么实验，没有人知道。战争结束后没过多久，半井便暴病而死。

“半井过世之后，石川去给他扫墓，把开在他墓地上的白花带回去，做成了标本。”

根据《冬至草传》最后章节中记述的内容，似乎可以认为这是唯一制作成功的冬至草标本。石川死后，标本可能同其他书籍混杂在一起赠给了图书馆。不过，只见过写生画像的石川，是不是真的认为这就是冬至草，从他随后的举动来看，恐怕也不一定。全书最后写道，秋庭自己也曾在山中探寻过冬至草，但终究一无所获。最后，秋庭因为胃癌转移离开了人世。

半井的墓地坐落在临眺湖泊的高台上，墓后卒塔婆[1]上的文字都已经褪去，木牌下生长着繁茂的山白竹，旁边是几年前村里建起的共同墓地的碑和几张长椅。从这里眺望湖面，山影倒映，波纹不兴。如果标本真是墓地上的花做成的，那卒塔婆附近的放射能应该会很高。我细心地在周围走了一圈，但计数器没有半点动静。长长的时间里，只有盖革计数器的机械声与穿过细竹的风声两相唱和。我在半井的墓前点了一炷线香，把塑料瓶的水倒在卒塔婆上，上面终于隐约显出“释智道　半井幸吉”几个模糊的字。

为了调查半井在古寺中究竟进行了什么实验，我在村公所的居民户籍册中查找半井的实验助手张本道久的名字，但是没有找到。保存在仓库里的从战前开始记录的户籍中也没有。我去问那几位观看过燃烧实验盛况的老人，但也没有人记得张本道久的事情。

回到东京的研究室，根据冬至草曾受过人类供血这一最新调查的情况，我重新开始了一度中断的分析作业。以前不管实验多少次，最多只能得到人的遗传基因，其原因应该就是根部染上了人类血液。我不再假设冬至草的遗传基因与一般植物类似，改为不做任何干涉、直接从其根部细胞提取遗传基因。当然，这种作业一点趣味都没有，需要的仅仅是接连不断的重复操作，但我还是取消了其他所有工作，全身心地投入对这种不

1 卒塔婆：指为了追善供奉，日本在坟墓后设的塔形木牌，常写有死者的名讳或题词经文。

可思议的冬至草的分析之中。我天天泡在研究室里，晚上也睡在研究室的沙发床上，不停地调节自动DNA分析仪器的配置，最后终于得到了不同于人的遗传基因。

我将得到的遗传基因的碱基序列输入计算机进行检索，立刻发现基因的变异程度很高，几乎无法认为冬至草与其他植物具备遗传上的相似性。我怀疑有可能是放射线损伤了遗传基因，致使冬至草与其他植物在遗传上的相似性很低。无论如何，这一结果意味着，依照其他植物的基因序列所做的引物，同冬至草的基因完全无法结合，当然也就不可能进行聚合酶链式反应实验。而且，冬至草个体的急速减少可能也是由于这一变异引发的。实际上，冬至草的遗传基因只勉强具有生存必需的部分而已，其受到的损伤一旦稍进一步，生命也就无法维持了。

研究自然科学的人，包括我在内，总是不自觉地想给实验中发现的事实赋予相应的意义，寻找其中可能存在的秩序。即使是不断积累偶然性而引起的进化过程，也总喜欢从结论进行逆推，试图设想早在当初就存在既定的方针。这可以说是神创论的观点。不过不管从什么角度考虑，如果储存放射能、主动迎接死亡的生物有其出现的必然性，其中的道理实在让人难以想通，或许其中并不存在什么必然性吧。

某一天，同事对我说，我总这么埋头苦想，不可能找到什么好主意，于是硬把我拖出去喝酒。回去的路上，当我突然回过神来时，发现自己已经置身在人行横道路口汹涌的人潮里了。街头歌手弹着吉他，面前摆着倒放的帽子。我在他的前面停下，脑中还想着在泊内见到的卒塔婆。即使在这一刻，卒塔婆应该依旧伫立于婆娑白竹的细碎声响中。我仿佛觉得，在一片黑暗的某个角落，冬至草依旧悄无声息地生长着，依旧悄无声息地发散着没有方向性的能量。一定是由于这种能量，它才吸引了半井这样孤僻的人吧。

我对遗传基因之外的生物化学不是很熟悉，于是请了隔壁研究室有机化学专业年轻的研究员教我。摆弄着不太习惯的玻璃器具，我开始尝试从冬至草中提取可燃成分。

“动物性蛋白中含有的氮，恰好也是制造火药的成分。如果冬至草体内发生了某种化学变化，引发燃烧现象也不见得有多奇怪。”

关于冬至草的可燃性，半井给出这样一种似是而非的解释。但实际上，作为化合物的动物性蛋白与火药的成分完全不同，可以想象，就算半井对“元素”这个词略有耳闻，但在他只能使用“某种”这一形容词来看，他应该完全不知道所谓化合物的概念。

但是，在我所做的根部分析作业中，烧杯的底部残渣里竟然真的检验出了硝酸化合物。半井看似天方夜谭般的想法，竟然被证明碰对了一部分。不过实验中同时也检验出了极微量的 cis-DME——一种与可燃性毫无关系的物质。cis-DME 是繁殖力旺盛的外来植物中含有的物质，通常分布在地下茎之类的器官中，即使是 0.01‰浓度的微弱剂量也具有毒性，会阻碍周围植物的发育。而且当这种物质的浓度从 0.01‰上升到 0.02‰

的时候，它对分泌它的植物自身的种子也会表现出毒性，换言之，就是会引起自身中毒。这是生物界不变的原则之一：过度繁殖妄图压倒其他物种的生物，最终只有步向毁灭一途。从冬至草具有 cis-DME 这一事实来看，这一物种一时繁荣之后个体数锐减的原因，除放射性假说外，也可以解释为自身中毒。不管怎么说，如果冬至草真的极力排除其他植物、只追求自己种群的繁荣，最终反而踏上了灭绝的道路，那么半井在信中反复写到的“冬至草是愚不可及的生物”这一判断，确实可以说是道出了冬至草的本质。

至于放射性的来源，我推测冬至草应该是从土壤中吸收了铀。这就意味着，如果更加细致地调查泊内，应该会发现局部地区的铀浓度较高。而且即使进一步分析冬至草的标本，我猜也不会发现什么新的线索。总而言之，要想寻求新的进展，除了再去现场做一次调查，恐怕没有别的办法。

我请岩井帮我准备了一个房间，在新川睡了一晚。第二天一大早，背包里只带着便当和盖革计数器，我搭乘去泊内的第一班列车，再次踏上曾经令半井彷徨过的原野。为了躲避狗熊，我用冰镐[1]敲打着岩石踏入红土深山，艰难地在满是坚硬岩石的斜坡上面攀行。我一直沿着山谷向深处前进，直到光线在发散着芳香气息的树林中暗淡下去，也没有在任何地方检测到放射线的存在。

1 冰镐：登山用具，形似尖嘴榔头。

晚上，我信步走访了几处有老人在家的人家，特意说明我来自东京，请他们回想已经久远的记忆，然而依旧没有人记得张本的名字。无奈之下，我开始在商店等处张贴寻人启事，这时有人建议我去诊所张贴，因为那里的老年人比较多。新川的年轻兼职医生一周只来诊所三次，我去的时候他恰好当班。我对他说明了事情的原委，他告诉我，在他工作的老人医院中有个肝癌患者正在住院，和我要找的人同名同姓。这真是柳暗花明又一村了。

气派的三层老人医院坐落在山麓的苹果园旁边。我来到医院二楼的六人房间，只见医生说的那个病患正躺在床上，床下放着尿壶。护士告诉我，这老人没有亲属，以前曾经患过脑中风，无法控制情绪，感情起伏剧烈，不过头脑清楚的时候还可以简单说两句话。

穿着淡蓝色病号服的老人，仿佛一直在等我到来，紧紧握住我的手，流下了泪水。隔壁的老人无休止地呻吟着，时不时还会听到不知何处传来的大声叫喊。每逢这时，就会有护士匆匆从走廊跑过。不知道谁自己拔掉了静脉滴注的插管，正被护士叱骂。我对老人说，想打听有关半井的事，老人的身子微微一颤，右手的动作幅度更大了。

“让人怀念啊……”

老人低声自语着，微微笑了起来，满是老人斑的脸上露出无数皱纹。

“那个人每天想的只有冬至草”“是个很严厉的人，不知道被他骂过多少次”“大家都认为他懂得很多”“很开心，真的……"

问起两个人的关系时，我得到的便是这些随着涎水一同滴落的只言片语。老人举着小小的调羹，小心翼翼地舀起碗里的粥，忽然间不知为何自言自语了一句"谁都很惨啊"，一大滴泪水掉在了粥碗里。

"最近这些日子，他总是一吃东西就哭。"

赶来的护士轻轻拍着他的后背哄他，老人好像平静了一些。

"很久很久没见了。"

"啊不，今天第一次见面。"

老人听到我的回答，略微沉思了一会儿，侧着头问："你是石川先生吧？"

"不……石川先生，是说石川洋三老师吗？"

"对……老师。"

"您认识石川老师？"

"他来了？"

"他已经去世了。"

老人像是吃了一惊，紧盯着我的脸。

"啊……那就是说……他不会再来了吧。"

"石川老师来过？"

老人指指床下，让护士拿出一个包袱。他用颤抖的手解开，拿出里面几份只写着生前姓名的简陋牌位和成捆的黄表纸。

"学生，这个……"

他好像还是把我当作石川，将黄表纸递给我。这是五十张左右的古老原稿。

“这上面写的是冬至草的栽培过程。”

“是石川老师写的？”

“不，两个人写的。”

“这是在古寺里的研究成果吧？石川老师什么时候写的这个？”

“什么时候？……战争的时候吧。”

“石川老师写这个是在战后吧？”

“啊……到矿井了。”

“矿井？”

“嗯，我。”

我把这些前言不搭后语的话整理了一番，看起来，像是石川找到了战后不知什么原因离开泊内去赤砂矿井工作的张本，从他那里了解了他和半井的研究，然后写下了这份报告。不过，既然这是石川特意找到张本之后写出的报告，为什么会留在张本这里没有带走，我想不出其中的原因。

“老师放在我这里的。”

不管怎么问，老人的回答总是不得要领。《冬至草传》中对于古寺中的研究没有任何记载，看起来秋庭恐怕连这份原稿的存在都不知道。我在病床边的椅子上坐下，翻看这份毫无前后顺序的原稿，一边向张本确认，一边重新把它们按顺序排列好。

“你们的实验，是说滴血栽培的实验吧？”

“血？像这个？”

老人把扎着滴管针头的左手举起来给我看。

“我可以在这里读它吗？”

张本还没有平静下来，不时闭闭眼睛，看看窗外，重复地说着“是啊，是啊”。我正想他是不是没有听清楚我的问题，忙说：“不是这个……”

我将石川的原稿和张本的话两相对照，终于勉强弄清了半井所做实验的大致情况。

张本起先专心于家事杂务，但某天早上，半井忽然命令他把种有冬至草的花盆拿进来，给他看了一直在村子中流传的“诡异行为”。张本接到指示，以后他要负责判断能令冬至草开花所必需的血液量这种极简单的工作。半井用针刺入自己的中指，挤出血，滴在冬至草上，并且命令张本也照做。每次三滴，早晚两次，是维持盆栽冬至草生存的最低剂量。张本因为还没有习惯，有时候刺得浅，挤不出血，有时候又刺得太深，滴的血太多，实在很辛苦。不过做得多了，手指上针刺的地方渐渐长出了老茧，似乎也不觉得疼痛了。

张本听半井说过，和自然状态下相比，盆栽冬至草的根系要短得多，如果要让它开花，得需要更多的血液才行。他们两个选定了一盆冬至草，由张本和半井注入同等的血量，随着每天血液量的逐渐增加，有一天早上，冬至草出现了一个纯白色的花苞。

“开花了……滴血没有白费。”

我问张本那个时候的样子，张本恍惚的双眼不知道望着何处，脸上浮现出笑容。纵然讨厌被半井使唤，但看到美丽的花朵绽放在自己眼前，张本也不由得相信半井了吧。

从这之后，半井更是一口气让十多盆冬至草开了花。不过，这时候半井已经知道，不能将冬至草一天所需的血液量一次性全部滴给它，而是要以一定的间隔尽可能频繁地提供，这样效果才会显著。不过如此一来，夜间供血便成了问题。这项工作本来是打杂的张本负责，却让半井相当头疼。原本应该把挤出的一部分血留在滤纸上慢慢渗透，但是苦于夜间定时起床的张本常常会偷懒，一次就在滤纸上滴了好几次的血量，这样就不用起床滴剩下的几次了。某大夜里，偶然醒来的半井在本不该有血的时间里看见了存留的血液，当即狠狠地骂了张本一顿。

第一个发现发光现象的是张本。根据张本的记忆，那时他看到的是一片模模糊糊的光芒，光芒的中心正是冬至草。草体散发着微弱的绿光，光线如此微弱，以至于不集中精神就无法发现。张本立刻叫醒了半井。黑暗中，两个人凑近了冬至草仔细观察。

“包括花和叶在内，整株冬至草都在发光。从根到尖，光线逐渐增强。那是一种能渗透到眼底深处的明亮绿色。我们一直凝视着，感觉绿光仿佛在忽明忽暗地闪烁。”

张本对石川这么说。张本和半井开始讨论为什么此前没有发现这个现象。张本的结论是，没有开花的冬至草，或者没有得到鲜血的冬至草可能不会发光。不过从前一直都听说墓地周围一到夜里就会看见隐约的绿光，说不定那就是冬至草发出的光芒。

不管怎么说，既然是在逐渐增加给血量的过程中观察到的现象，那它就一定和血液供给有关系。于是，第二天张本和半井将给血量增加了一倍，一起等待夜晚的到来。夕阳西沉，黑暗降临，冬至草果然又发出光芒，而且与前一晚相比，叶片尖端发出的光线更强了。据说两人因为看的时间太长，眼睛里留下极其清晰的残影，此后甚至都分不清看到的究竟是真实的冬至草还是眼睛里的虚像了。

“一亮起来就很开心。真的非常漂亮……绿色的光芒……和钟表上的数字一样。”

张本这样描述给我听。他的意思大概是说那种光线和荧光很相似，而且似乎不管冬至草在白天照射过多么强烈的日光，夜晚发出的光都不会有差别。此后，为了研究冬至草发出的光线究竟能够强烈到什么程度，张本开始主动给花盆滴血。与此同时，他还建议半井将自己的花盆和半井的分开。能用自己血液的力量令冬至草发出美丽的光芒，这也许激发了张本的自豪感吧。从半井的角度看，不管张本是出于什么动机，既然张本说了他会用自己的血来喂养自己的冬至草，那半井也没有任何拒绝的理由。

花盆分开之后，从外表上看，两边开的依旧是同样的花，但入夜之后发出的绿色光芒却有了微妙的差异。半井的冬至草发出的光微微带有些许暗红，而张本的冬至草发出的光除了更强，还带有微微的蓝色。而且，随着时间的推移，两者之间的这些差异还在不断变大。某天，张本说起自己的花比较美丽，这自然引发了半井的异议，两人反复争论究竟是红色美还是蓝色美这种纯属见仁见智的事情，每每争执不下。直到如今，这件事还萦绕在张本的心头。

“你也觉得蓝色的好看吧？”

张本向我寻求支持。他侧头看了我一会儿，突然发怒起来，责怪我怎么连这么简单的事都不知道。

“他有白内障，已经看不见什么东西了。”

听着我们说话的护士凑到我耳边悄悄告诉我。不知道这话是不是被张本听到了，他喃喃地说着“要是能再看见就太好了”，说着流下两行老泪。经过如此漫长的时间，那蓝色的光芒还令他这么怀念，那究竟是一番怎样瑰丽的景象啊！

为了让自己的冬至草发出的光芒产生变化，半井开始调节血液的供应量。血少的时候，光芒就弱，红色也更盛；血多的时候，光芒就强，也会带上一些蓝色。不过按照张本的说法，就算是半井的冬至草光芒最盛的时候，也依旧比不过自己的冬至草。相互交换花盆，重新滴血之后，发出的光芒也跟着发生变化，这足以证明不是冬至草自身的差异。至于血液上的不同点，两个人最先想到的就是血型，但两个人刚好都是O型血，于是这个猜想立刻被摒弃了。

其实，只要多用些人的血，看看各自引起的冬至草的光芒有什么不同，应该就可以比较容易地找出光芒的差异究竟反映了怎样的个体差别，但在桑野严令的“绝密研究”状态下，这种方法不可行。半井只好开始研究在同一个人给予同样血量的情况下，每天光芒的微妙变化究竟反映了什么。睡眠或者进食，排尿以及排便，与日常生活相关的若干项目，两个人开始同时进行生活记录，着手调查这些因素中哪些会与光芒的变化有关。记录中，光芒的强弱分为强、中、弱三档，色调分红、绿、蓝三种。两人常常坐在各自的记录表格面前，热烈地讨论是什么引起了发光的差异。

在一个光芒变弱的日子，半井偶然间发现了某种规律。一周之中，总有固定的一天光芒会变弱，这究竟意味着什么？半井一直弄不明白，直到又到了这么一天，他忽然注意到，这天刚好是学生送鸡蛋来的日子。

“能吃到鸡蛋真是很幸福。”

张本的话里流露出大大的满足。那个时候，他同半井能吃到来自学校农场的作物和鸡蛋，过着得天独厚的生活。送鸡蛋来的日子，半井会把鸡蛋倒上酱油和饭混在一起吃。从这一点看，与发光相关的应该就是人体的营养状态了。被半井这么一说，张本也发现，自己的食谱当中，食物的多少和光芒的强度基本上保持着反比的关系。吃得多的日子，光芒就会比较弱；反之则会较强。同理，半井每天的饭量都比张本大，所以他的冬至草的光芒比张本的弱。但是，这种现象看起来与常识相悖，而且同给予的血液越多、光芒越强的现象也有矛盾。如果一定要以营养状况来解释，那么至少应该得出下面这样的结论：虽然整体上看，血液具有增强光芒的作用，但营养成分高的血液当中含有抑制发光的物质也更多，所以光芒的强弱最终是由这两种一正一反的因素共同决定的。不管怎样，为了确定发光与营养的关系，半井同张本开始进行下一阶段的实验——绝食。

“我们开始只靠喝水度日，这样的日子一天天持续下去，冬至草每天发出的光芒强度也不断增加。仅仅三天之后，冬至草便发出我们此前从未见过的鲜亮耀眼的光芒。随着观察角度的不同，还可以看见不同的红色或蓝色的光，光影中甚至还能发现紫色和黄色混在里面。”

石川记录下的当时张本所说的话，令人产生一种印象，似乎营养成分高的血液中含有某种不仅抑制发光亮度而且抑制所有色彩的物质。不过，如果两人食物一样，色调却仍存在差异，那么，这种物质在血液中的含量也许首先是与体质有关的。绝食结束、两人饱餐一顿之后，各自的冬至草的光芒都变得很弱，蓝光和红光都消失了。至于色彩随观察角度的不同发生变化的现象，也许可以用物理上的偏振光来解释。不过，本应记录下详细数据的实验日志已经遗失，关于这一点，今天无法再做进一步的研究。

两人想要知道冬至草的光芒能够鲜亮到何种程度，于是开始了更疯狂的挑战。他们尝试尽可能减少食量，看看在这种情况下会发生什么变化。回顾那段岁月，在战时的饥饿状态下，自己又去主动挨饿，这实在是太不可思议了。两人还相互比拼忍耐程度，导致贫血症逐渐加重。但不管多么不可思议，这样的事的确在这座古寺里出现了——那肯定是一幅异常奇诡的画面吧。

半井定期向桑野提交报告，每一次都会力陈如果实验成功将会成为如何威力无比的新武器，从而继续从桑野那里得到免除一切学校工作的许可。在这段时间，唯一的困扰是花盆的增加导致夜晚供血时间变长，两人因此患上了失眠症。但据张本说，在两人被“切成细丝”一样的睡眠时间中，他们差不多每次都能做“甜美的梦”。张本这样说：“不是那种……比如说吃到好吃的东西啦，抱到漂亮的女人啦，不是那种梦。”在这段话之后，做笔记的石川补充写道：“也许是语言不足以表现的，直接触动心灵最深处的那种感觉吧。”

“半井先生在世时也做过这样的梦吗？”

“做，经常做。”张本简单地回答。

“什么样的梦呢？”

“记不得了……反正是很好的梦。”

张本记不得的梦，在一个强风刮碎窗玻璃的夜晚，不知被吹到哪里去了。虽然张本用纸简单糊上了缺口，但还是有风不知道从哪个角落吹进来。这种状态持续了一个星期，其间两个人什么梦也没有做，感觉非常难耐。缺口用木板钉上之后，和以前相同的梦又一次出现了。这种变化相当具有戏剧性，半井和张本都觉得，这个来源不明的梦说不定和冬至草释放的香气有关，那气味可能有类似麻药的功能也说不定。

在残留的原稿上还记载着一件事，虽然一时判断不出前后关系，但可能也是造成两人昼夜颠倒越发严重的一个原因，那就是，他们在夜里听到冬至草发出诡异的声音。实际上，那是冬至草膨胀的子房破裂、带有毛絮的种子飞散时发出的轻微声响。但在深夜听来，简直犹如人类的低声呢喃，而且在一片寂静中，声音传播之远，简直令人惊讶。冬至草的子房有好几个子房室，这些子房室按天依次破裂。半井把飞散的种子收集起来种在庭院里，试图让它们繁殖，但种子的出芽率极低，基本上还没有发芽便都腐烂了。

发光、子房破裂都会让两人无法在夜晚入眠。他们被绿色的光芒和怪异的香气所魅惑，生活完全颠倒了。与此同时，为了让冬至草开花，白天的供血仍然不可欠缺，睡眠不足的情况因此进一步恶化。更有甚者，两人包括睡眠欲在内的所有欲望都消失殆尽，除了供血，似乎什么都不想做了。也许这里面也有贫血的原因，总之两个人整天几乎什么都不干，恍惚度日的时间越来越多。张本向石川描述，有时候，他看到半井凝视冬至草的样子，看到他惨白的侧脸被冬至草的绿光照得极其妖异，那幅景象让他不寒而栗。然而转过头，他自己也痴痴地盯住冬至草，青白的脸上同样浮现出诡异的笑容。

如文字描述的那样，两人进行的冬至草栽培，的确是在浴血而行。而就在这个时候，南方诸岛上的流血也一日多于一日，战况更一日紧似一日，吃人肉充饥的传闻也频频流传。大本营发表的战争趋势与私下的流传截然相反，其区别就连边境的居民也都心领神会。半井大约也隐约感觉到战败的未来，由此产生的焦躁感让他更加努力地进行新武器开发。他长期以此为由不参加军事演习，虽然也得到了不少人的赞同，但连挖掘防空战壕都不参加，这终于激怒了周围的邻居，由此引发了一场集体抗议事件。关于这件事，石川向当事人详细询问了经过。

村民们怒吼着聚集到古寺的门口。“出来跟我们一起挖防空战壕”“你们根本没在开发新武器”“战争都快输了怎么还没有动静”……诸如此类的骂声不绝于耳，但当他们在门前看到古寺里的凄惨光景之后，所有的叫骂声便戛然而止。据当时在场的老人回忆，他们只看见瘦得不成人形的两个人，全身上下只有深深凹陷下去的双眼闪闪发光，脸上带着瘆人的笑容，从指尖挤出鲜血滴到冬至草上。整个房间里弥漫着一股无法言状的血腥气，还夹杂着酸腐的恶臭。有人当时便忍不住逃出去呕吐了，气势汹汹来向半井泄愤的人群骤然安静下来，大家一句话也没有说，默默地偃旗息鼓折了回去。村民们得出结论：“半井他们是在为祖国献身。”抗议活动自然也取消了。

在村民的眼里，敬奉鲜血这种非同寻常的行为，大约已经被看成向祖国献祭的宗教仪式了吧。

当大家都开始意识到战争终将失败的时候，泊内迎来了前所未有的酷热夏天。张本从给他们拿来食物的学生那里听说，连这样的乡下都要有美国大兵打过来，更听到有人私下传言广岛被扔了新型炸弹，投降只是时间问题。这消息终于开始给他们带来了一点奇异的现实感。1945 年 8 月 15 日清晨，村公所的命令传到了古寺，通知他们早上的新闻广播有重大消息宣布。

睡眠严重不足的张本，半梦半醒地打着瞌睡，和半井及村民一起聚集到学校，收听广播里“忍所难忍，耐所难耐”的天皇广播[1]。

1 天皇广播：日语为“玉音放送”，指日本昭和天皇宣读《终战诏书》，同意无条件投降的广播。此次对外广播《终战诏书》，是天皇的声音首次向日本公众播出。

“全是杂音，听不清到底在说什么。”

根据张本的回忆，山中的收音状况十分恶劣，大多数村民都以为这是敦促国民今后要更加振奋的意思。特别是“以为万世”的部分，大家都错误地理解为从今往后战况将会更加激烈，本土决战之日也迫在眉睫。短短的广播结束之后，大家异口同声地高喊“誓死保卫祖国”，唯独桑野一个人怆然泪下，低声哽咽道“战败了”，人们这才恍然大悟，村中顿时陷入一片混乱。

有关终战日的记忆，张本这样向石川描述：

“有人痛哭流涕，有人高呼万岁。我虽然想着战争终于结束了，但也不知道自己有什么特别要做的。我们还和往常一样，每天给冬至草滴血，看着它的光芒，听着子房破裂的声音。某一天清晨，阳光很强烈，冬至草的光芒看不见了，这时候我们注意到花本身有些微的红色。不知道是不是这一天特别热的缘故，总之花瓣上颜色的变化只有这一次。”

张本听着我重新念诵他曾经说过的话，低声自言自语道：“虽然漂亮，可惜只有晚上才有啊。”他像是想要说些什么似的，几次欲言又止。

终战之后大约过了两周，张本跑去村公所求助。随张本赶往古寺的职员，看见的是生长在房间里娇艳欲滴的冬至草，以及倒在地上不省人事的半井。大家立刻把半井抬上担架，送去村里的诊所，接受兽医出身的医生的诊治。

挂了点滴之后，半井的状况略微有所改善，但在去厕所的途中又摔倒在地失去知觉。在这种连起身都无法实现的状态下，半井仍念念不忘给冬至草滴血的事。趁医生不注意，他就让张本把花盆拿来往里面滴血。如此一来，半井越发孱弱，孱弱下的贫血反过来又令冬至草释放出的光芒越发美丽，形成可怕的恶性循环。

"整株冬至草都放出白光……宛如漫天纷扬的雪片……闪亮耀眼……我太想看那种光芒了……一直帮半井滴血……是我杀了半井。"

像忏悔似的，张本这样对我说。他的隐秘犯罪，直到两个美国宪兵从旭川来到泊内之前一直在继续。半井定期提交的"绝密研究"的报告书通过桑野送往旭川师团，而没收了这些报告书的美军大约将其理解为北部边陲正在进行秘密武器的开发。村长出来迎接美国兵，他们则直接赶往研究室所在地。看到实验台的床上躺着濒死的半井，他们禁不住嘲笑起来。

意识模糊的半井看到美国兵，不停地喊："快……美国。"也许他是想说"快带我去美国"吧。翻译问他有关报告书的事，但不管怎么问，得到的只有呻吟，不知道什么原因，唯一能听清楚的一句话是"哪儿能输呢"。生气的美国兵把口香糖吐在花盆里，没收了半井的实验日志。

半井睡在放着冬至草的病房里，脸上始终带着微笑，他应该每天都在做"甜美的梦"吧。然而一天早晨，大雾从终战前刚刚造好的泊内大坝围成的人工湖里涌出来，将整个村子笼罩在一片迷茫之中，而半井再也没有从梦中醒来。临终时作为亲眷来给他送行的，只有张本一人。据说，因为极度贫血，半井的尸体犹如纷扬的雪片一般惨白。

半井以鲜血浇灌的冬至草，在他死后便立即枯萎了。张本担心自己也落得与半井同样的下场，不敢再给冬至草滴血，他的冬至草便也同时全部枯死了。

“还不想死，不想受靠不住的神支配。”

张本在半井的枕头下发现的纸片上，写着这样一句话。与半井的人生无缘的“神”这个词突然出现在这里，让人感到颇为格格不入。

我和告诉我张本所在的医生商量，如果还留着当时的病历，能否让我看一看。他说战后所有的病历都有保存，然后趁着某天回泊内上班，他帮我从病历室里找了出来。半井的病历上写着：“一般而言，血液浓度不足常人四分之一的患者无论如何也无法存活，但如果不是骤然的变化，而是循序渐进、最终达到这样的状况，那么可能也能维持较长时间的生存。然而，半井已经不是单纯的贫血，他的心脏和肺部都开始出现问题，看来已经回天乏术了。”医生似乎也惊讶于如此严重的贫血状态，在备注栏里写道：“每天失血几十滴，加上放射线持续照射引发的骨髓机能低下，这两者显然就是引发贫血的原因。”在病历上记载的直接死因是“失血过多死亡”。

曾被美国大兵盘问过的半井，死后的遗体只在古寺里停放了一天，也没有举行葬礼。包括桑野在内的全体村民，没有一个人在半井下葬时露面。

“一个人拖半井先生的遗体……沉得很啊。”

据说，只有张本一个人辛辛苦苦地拖着半井的遗体，按照本人的遗愿，运到共同墓地的附近下葬。下葬的时候，半井衣服口袋里的种子也许散落了出来，随后在墓地上生长、开花了吧。为什么只有这株冬至草可以在腐烂之前干燥成功，被做成标本，没有人明白其中的原因。也许是半井临死前已经极度贫血，体内的营养成分少之又少，含有的腐败成分也随之下降的缘故。

我坐在床边椅子上，一边翻阅草稿，一边不时提问。整个过程中，张本强调了无数次的，是冬至草幻想般的美丽。冬至草发出的光芒，叶片比茎秆强，花朵又比叶片强，张本将其形容为“仿佛星星一样”。但这样刚一说完，张本又突然问了自己一句：“我为什么会想看那东西？”语气里有一股奇异的冷静。

为什么要把花盆分开，用自己的血浇灌，这个问题我问了好几次，张本都没有回答。或许是因为他自己心中的答案没办法向他人说明吧。

“你辛苦了这么久，却没有人知道你啊。”

“因为……我……没有名字。”

张本的脸上露出暧昧的笑容。他看我没有反应，又说：“我真正的名字……念作朴洪道[1]。”

“嗯，什么？”

1 朴洪道：日语里的“朴洪道”与“张本道久”的发音相近。

“张本啊……就是朴。”

刹那间我明白过来，张本道久其实是朝鲜人名的日语读音。

“你从哪里来的？”

“朝鲜。”

“啊，你是奴役劳工？”

“嗯。有一天早晨，和六个村里人一起……被宪兵队抓来的。”

“原来……如此。”

我不知道该怎么回答才好。

“从港口上了船……宪兵告诉我们，我们本来都要被杀掉的，这是特别给我们一条活路……住在舱底的房间……米袋子编的衣服真冷啊……”

突然间，张本的语调变得很清晰。

“风一吹……就会飞掉……被关在铁格子和门闩后面……经常挨棍子……肚子饿得要命……山芋麦米饭拌酱油……好吃啊……尽是虫蛀的……还偷狗食吃……没有棉花的被褥真冷啊……”

张本越说越清楚，一条一条接连不断地往下说，但语气听上去仿佛是在讲述一件与自己无关的事。

“建大坝的时候死了很多人……最后腹部积水胀得老高……就算翻山越岭逃出去，在新川还是遭遇了埋伏……为了不让我们逃跑，干活的时候都光着身子……抓到之后捆起来活活饿死……”

“是说泊内湖的大坝工程吗？”

“大家都抢死人的衣服……还有人在抢的时候被打死……”

“什么时候？”

“什么？”

“和半井先生一起栽培冬至草，是在大坝建设之前，还是之后？”

“大坝之后……被选出来……之后。”

“为什么选了你呢？”

“学校……上课……我……”

张本有些不耐烦地说。

“你是说你做过教师？”

“嗯，教师。”

因为是教师，所以张本才被选为实验助手，了解到这一点，我也就明白了为什么他向石川讲述事情始末时可以抓住重点。但突然得知这个新情况，我一时倒不知该说些什么好。我忽然间闪过一个念头，于是问他是不是一直在恨日本人。

“没有人会不恨。”张本回答说，然后又加了一句，“但半井是朋友。”

“你这人啊……不管遇到什么事……都波澜不惊的。”

张本说完，闭上了眼睛。从张本这里了解到的冬至草实验，石川并没有如实告诉秋庭，为什么？是不是因为用鲜血浇灌冬至草这样的猎奇行径，带有人体实验的性质，在道德伦理上会引发争议？还是担心战争结束没多久，怕自己会因为论文作者的身份被追究连带责任？

石川的原稿里贴有一幅地图，折页上写着：冬至草分布图。

“这是半井辛辛苦苦做出来的，”我以为是石川记下来的地图，拿给张本看，他告诉我不是，“大家……就看着这张地图……拔……”

“‘大家’，是说谁？”

“冬至草啊。”

“拔冬至草？”

“嗯。”

“谁拔？”

“校长啊……大家一起。”

张本来来回回、反反复复说的就是这几句，我越听越糊涂，问了无数次，最后才弄明白，在美国兵来的前一天，桑野等人决定把所有的野生冬至草全部处理掉。

“害怕……暴露吧。”

是害怕被怀疑全村都参与了武器开发而受连累吧。半井生前留下的这份正确的分布图反而成了祸根。冬至草被拔得干干净净，连一株都不剩。这样说来，最终导致本来在不为人知的状态下隐秘生长的冬至草灭亡的，说不定正是半井自己。

我将盖革计数器靠近地图，时隔将近六十年，还是检测出极微弱的放射性物质。我在医院的事务所复制了一份地图细细查看，发现除了共同墓地，在冬至草星星点点散布的地点之中，只有一处有一些点聚集在一起。那儿差不多是泊内地域之外了。既不是学校，也不是人工湖的水坝附近。

“这是什么地方？”

我问张本。也许是因为没有参加地图的绘制，张本只是侧头听着。

调查的最后一天，我在车站租了一辆汽车，自己驾车寻找地图上标示的那个地方。抱着那里也许是高浓度铀的埋藏地的期待，我在路况很差的国道上开了差不多一个小时。当汽车驶入满是石子的山道的时候，我在岔路口看到了一块写着“鸠之汤温泉”的招牌。招牌挂在古树上，小小的瀑布沿着粗糙的岩石流下山麓，水流旁边有一座古旧建筑，那是村民经营的温泉。我从玄关进去，穿过铺着泄水板的走廊，窥探只有本地居民偶尔来用一次的浴池，只见细细的水管里正滴滴答答地往下淌着浑浊的铁锈色温泉水。贴有功效说明的招牌吸引了我的目光，上面写着“镭矿温泉”的字样。但不管是对温泉水还是岩石，盖革计数器都没有反应。显然，此处温泉中含有极微量的镭，和冬至草体内高浓度的铀是完全不同的东西。但镭同样属于放射性物质，而且还是铀的衰变产物之一，这个好不容易得到的线索不能轻易放弃。我询问管理员有没有关于镭的资料，他告诉我村公所应该保存有这方面的东西。

我坐在村公所坚硬的椅子上，依次翻看连镭矿温泉的存在都不知道的职员从仓库中挖掘出的相关资料。在这些堆积如山的资料中，我发现了一份散失的 1945 年的政府调查报告。这是原子能预算通过之后立刻开始铀矿勘探时的报告。调查队在吉普车上安置了巨大的探测器，探测了日本全境一半以上的面积，结果发现在泊内周边的土壤中确实存有微量的铀和镭，虽然在含量方面无法与人形峠[1]相提并论。报告最后得出的结论是："含有率极低，无法作为采掘对象。放射性程度也不会对人体造成影响。"结果到头来，只是在以前建成的温泉上追加了"镭矿温泉"的文字而已。报告书还附有负责调查的官员在测定铀的时候绘制的分布图，不过那上面标的数值都低于环境标准值。大约正因为含量过低，当局觉得连告知村民泊内土壤中含有放射性物质的必要都没有。温泉周围和共同墓地附近的浓度的确要高一些，但和冬至草体内的高浓度铀相比，简直可以忽略不计。但是对照来看，冬至草的分布图又和铀的分布图如此一致，这很难用单纯的巧合来解释，让人不禁推测冬至草喜欢生长在含有铀矿的土壤之中。

临走之前，我想起了奴役劳工的事，于是向村公所职员询问，得到的回答是："哦，那又怎么样？"至于为什么会找不到张本的记录，他告诉我，可能是因为户籍迁出超过五年，记录被废弃了。

回东京之前，我专程再度拜访张本，和他道别。考虑到他的病情，这应该是最后一面了。

"天气很好啊。"

"啊。"

"今天的山看得很清楚啊。"

"看得清楚。"

1 人形峠：位于日本鸟取县境内，1955年发现铀矿。

“小鸟在天上飞啊。”

“是啊。”

“早饭很可口吧。”

“什么都好吃。”

冷淡的问答来回了几次之后，我告诉他，我要回东京去了，然后握住他的手，握了很久。

“活生生的人……埋进水泥里……”

张本突然哭了起来，大声叫喊：“别埋！不要埋！求求你们！”声音响得连整个医院都能听到。那凄厉的哭喊声，简直让人无法相信人类能发出这样激烈惨绝的声音。

“又来了？快睡吧。”

慌慌张张跑过来的护士在张本肩上注射了镇静剂，他很快陷入了昏昏沉沉的状态。

“全被压碎了……”

这仿佛是张本丢下的最后一声低语。他微睁着双眼，打起了盹，半开半闭的眼神中仿佛带有蔑视般的神色。在这道眼神的注视下，我听着自己回响在走廊里的脚步声，将病房留在了身后。

我沿着漆黑的道路开了两个半小时的车，艰难地到达机场，交还了汽车钥匙。下车的时候，我竟然沐浴在普照的阳光之下，真像奇迹一般。在橘红色光线映照下的仓库街，我乘上单轨电车，刚刚经历过的北海道的黑暗仿佛已经成了久远的记忆。一个人回到阔别几天的研究室，闻着弥漫在房间里的熟悉的药品气味，接下来我要面对的现实问题是，只在土壤中以极低浓度存在的铀为什么能够在冬至草体内实现浓缩。在飞机上，“生物浓缩”的念头一直在头脑中盘桓不去。这是因为公害病[1]才为人们所知的概念，是由于摄取了有害物质的生物又被别的生物捕食而形成连锁反应的结果。不管如何考虑，作为食物链最底层的植物，怎么也不可能引发生物浓缩现象。

我中止了一切实验，一边听磁带上录下的张本的话，一边专心思考这个问题。我的脑海中浮现出张本在黑暗房间的角落里啜饮稀粥的样子，耳边回响着他最后嘟囔出的“全被压碎了”的句子。我看见大楼上闪烁的霓虹灯，忽然意识到，它或许同张本所说的“冬至草发出的光芒，叶片比茎秆强，花朵又比叶片强”这句话有关。如果是草体中含有的物质被放射性物质激活而发光，那么也许冬至草的光芒就是铀在叶片和花朵中被浓缩的证据。是否可以认为，由于细胞的排泄系统没有工作，重金属单方向进入细胞内部，不断积累，浓度升高，结果就相当于进行了浓缩呢？如果能够确定从泊内采集的土壤中的铀和冬至草中的铀的成分一致，那应该就可以间接证明冬至草体内进行了生物浓缩。

我立即拿上放有冬至草的遮蔽箱和装有泊内土壤的塑料袋，前去拜访放射线研究所的鸣海。就此前帮忙做分析的事向他草草道谢之后，我随即切入正题，讲出了关于生物浓缩的猜测。

“不太现实啊。”

对兴奋地做完解释的我，鸣海一边晃动试管，一边冷静地

---

1 公害病：特指由人为原因引起的环境污染所导致的地方性疾病。

给出了这样的回答。被他当头一盆冷水浇下，我也意识到自己的想法颇有些天方夜谭的意思。

数日之后，鸣海事先连电话都没有打，就突然来到了我的研究室。在他检测冬至草得到的放射性分布图上，显示花和叶上的放射性强于根和茎，与我的预想一致。鸣海在对他自己妄下的断言道歉之后，先声明了一句“我并不清楚其中的原因”，然后接下去说：“铀通常由 99.3% 的铀 -238 和 0.7% 的铀 -235 两种同位素构成，在泊内的土壤中也是这样的比例，但在冬至草体内，可以作为核裂变原料的铀 -235 的比例却很高。”他这样说的时候，语气中满是兴奋。

看到我茫然不解的模样，鸣海进一步解释说，所谓核裂变，是用一个中子撞击原子核，得到两个原子核和两个中子的连锁反应过程。显然，为了令这一过程能以几何级数增加从而引发核裂变，需要在一定空间里积累足够多的铀 -235 才行。

“禾本科植物可以将根部大量吸收的硅酸积累在细胞壁中。积存于体内的硅酸，即使在植物枯萎被分解成有机物之后，还是有一部分会长时间保留在土壤中。同样的情况应该也会发生在冬至草和铀的身上。冬至草的大量生长虽然会受到 cis-DME 的阻碍，但如果经过漫长时期不间断地反复堆积，铀 -235 的浓度应该可以由冬至草的浓缩作用达到临界质量。”

通过冬至草的根，可以将土壤中的铀 -235 提纯出来，而铀 -235 积存到一定数量之后，就可以自动引发核裂变。这样看来，半井为了研究的方便而杜撰的燃料说，似乎又获得了另一种解释：冬至草也许正是自然界创造出来的原子反应堆。如果让它进一步繁殖下去，泊内地域也许便会发生自然的核爆炸了。

半井他们在日本的最北之地所做的如此秘密的研究工作，也就成了连当事人自己都没有意识到的原子弹研究工作了。不过，要让冬至草数量达到临界体积所需的种群密度似乎并不容易。它们的生长需要吸取血液，而仅仅几株冬至草就葬送了半井一个人的性命。从这一点看，即使是全体日本人的鲜血恐怕也不足以供养它们。鸣海强调，如今应该立刻开始调查生长于全世界的铀矿上的植物，看当中是否存在具有与冬至草同样性质的植物。为了向专家们敲响警钟，我将整个事件的来龙去脉写下来，投寄给了《日本科学新闻》。

是否还有几株冬至草免于灭绝的命运，悄悄生长于某处，这个念头始终萦绕在我的脑海里。在遇难者的累累白骨上建筑起来的明和线轨道，终因成本核算问题被废弃。在此之前，我又去了一次泊内，一边看着分布图，一边在有可能生长冬至草的地区漫步。

从树梢间可以看见湖上弥漫着朦胧的雾气，水面上尖锐突出的是虽死不朽的枯木。我彷徨地在斜坡上漫步，树木上长有独特的地衣斑痕，虽然没有一株相似，但只要离开了被踩出来的林间小道，我就会陷入一片迷茫。放眼四望，周围的风景似乎曾在某处见过。忽然间我注意到，如此重复简单的模样竟然造就了如此复杂的森林。风抚过树叶，发出犹如波涛轰鸣的声音，一股仿佛置身于绿色海底的错觉袭来。枝叶交错，遮蔽了天空，与森林里的蒙蒙雾气融在一起，散发着柔和的生机。在这片广袤的浓绿之中，有很多次我都以为瞥见了冬至草的身影，但凑近了看，却发现仅仅是雪石楠花而已。我以为自己看到的白色花朵，终究不过是我的幻觉罢了。

我猜想冬至草弹射出的种子有可能混杂在实验日志里，为此专门检索了美国公文图书馆的文件。但在已经公开的旧日本军相关资料中，我没有发现半井的日志。考虑到七三一部队的研究报告大部分都作为生物武器资料被归于绝密文件，半井那本可能依旧混有冬至草种子的日志大概也受到了同样的对待吧。七三一部队逃脱了一切战争责任，和半井这个人物长期被埋没于历史之中，也许都与这一点不无关系。

作为最后一次努力，我也尝试过用克隆技术从残留的遗传基因中再生出冬至草。在操作层面，从一个细胞或者一个单位的遗传基因中再生出个体，植物要比动物容易一些。但由于长年受到放射线照射的冬至草的遗传基因损伤得过于严重，我不得不承认，至少在现阶段，这一想法是不可能实现的。

希望海鞘

既非医生，也非学者，就一定不能找到治病的新方法吗？二十年前，为了挽救罹患小儿癌症的女儿，有一位父亲开始认真思考这个问题。这位父亲的名字叫作丹尼·奥尔森，是个生活在美国平静乡间的律师。

某一天不幸突然降临在丹尼的家庭。那是一个冬天的早晨，一家三口在用餐时，丹尼七岁的女儿琳达，嘴里塞着满满的巧克力薄片，忽然说自己背后疼。

“这里疼。”琳达小小的手，指在自己从背后右侧直到肋间的地方。她指的方位异常具体，这让母亲玛丽隐约生出一丝不安。

“有什么地方不舒服？”

相比围着琳达问长问短的玛丽，正在读书的丹尼连头都没有抬，仅仅回了一句：“小孩子正是长身体的时候，有点疼也很正常。”这时候的丹尼正被一场形势不利的医疗诉讼搞得焦头烂额。

仿佛证实了丹尼的说法，琳达和平时一样健健康康上学去了。这天早上的一切就和每天早上一样没有半点变化。

可是到了第二天早上，琳达又说自己背后同一个地方疼，第三天早上也在说，连续几天都说同一个地方疼痛，连丹尼也开始感到不正常，让玛丽带琳达去附近的医院看看。

开车大约三十分钟的距离有家医学中心，年轻的小儿科医生小心触摸了琳达所说的疼痛部位之后，建议玛丽带她去做一下超声波检查。超声波检查之后又做了尿检，然后在等待尿检结果的时候，玛丽从医生口中听到了“神经母细胞瘤”[1]这个拗口的名字。听到说是肿瘤，玛丽吃了一惊，不过幸好不是癌症，总算可以稍稍放一点心……然而接下来医生的详细说明却让玛丽惊得目瞪口呆。

“您也可以认为这是癌症的一种。如果发现得早，这种病还有可能治疗，可惜现在病情已经发展到无法挽回的地步了。即使住院化疗，恐怕也不会有任何起色。所以，您的考虑是……”

玛丽像是发了高烧一样浑浑噩噩，都不知道自己是怎么回家的。回家路上，看到因为从医院得到解放而在自己面前活蹦乱跳的琳达，玛丽怎么也无法相信刚才医生所说的会是事实。这么健康的孩子怎么可能只剩下一年的寿命？琳达看到母亲眼

1 神经母细胞瘤：Neuroblastoma，简称 NB，指在神经细胞中形成的癌症，是较常见的儿童期恶性实体瘤。它常从一侧肾上腺开始，也可以在颈部、胸部、腹部或脊髓中发展。它是婴儿中最常见的癌症，在儿童最常见癌症中排第三位。因其治疗效果差、预后不佳，几乎占全部儿童癌症死亡的 15%，又被称为“儿童肿瘤之王”。

中滴落的泪水，非常惊讶。她把自己小小的身体紧贴在母亲身上，像是为了安慰母亲。

危机四伏的官司终于在陪审员们的理解中胜诉，得意扬扬回到家里的丹尼，他的意气风发在琳达的报告前骤然间烟消云散。这时候已经将近医院门诊关门的时间，丹尼飞车赶去，抢在下班前截住医生，听到的解释还是和玛丽不久前在这里听到的一样。丹尼让医生给自己看了显示肿瘤部位的CT照片，又拿了作为确诊依据的尿检结果，可他还是无法相信这个年轻医生所说的话。他一次又一次地追问会不会是误诊，终于连医生也忍耐不住，脸上显出不快的神色。

这天晚上，丹尼拜访了对医疗事务相当熟悉的律师朋友，向他说明自己的情况，请他为自己介绍了斯坦福大学的多基奇教授这位小儿肿瘤的权威。第二天，丹尼取消了所有的工作直飞旧金山，然后乘火车抵达斯坦福大学所在的帕洛阿尔托。一下火车，丹尼直奔坐落在此地中心位置的医学中心，在接待室里等到约定的时间，见到了一位五十多岁、身材肥胖的红脸男子。丹尼简单地寒暄了几句，随即取出从医生那里拿到的CT照片和尿检结果请对方确认。多基奇只瞥了一眼便回答说，诊断没有错误，唯一的失误，是剩余的不是一年时间，而是只有半年。

“病情发展到这个阶段，你就不要指望治疗还能有什么效果了。再怎么治疗，也只是让她多吃点苦罢了。我不推荐你做积极治疗。让孩子把自己想做的事情都做一做，差不多就是这样。”

然而无论怎么解释，丹尼始终无法相信，自己年幼的女儿半年之后就将从世上消失。

“为什么没有早点发现孩子的异常？”

“你不是也没有发现？”

是否要让琳达进行化疗的决断摆在丹尼和玛丽面前。几乎每天晚上，在琳达入睡之后，他们都会进行同样的争吵。

“不管怎么说，只要有希望，就该赌一把，是吧？”

“可也说不定只是让她白白受苦。”

他们每天都在这般无休无止的争辩中迎来黎明。

丹尼再也没有工作的精力，整天都在借酒消愁。妻子玛丽也由失眠发展为重度的焦虑症。家务和照顾琳达的事都交给了家政服务员。

在这样的日子里，有一天琳达忽然问丹尼：“为什么我不去上学也没关系？老师说不能不去上学的。如果不去上学，长大什么都不懂就完蛋了。”

琳达忽闪着大大的眼睛注视着丹尼的脸。大概她并不能理解，自己虽然生病了，但也只是背后有点疼而已，为什么不去学校，天天都待在家里呢？

“爸爸也有老师吗？”

“有啊。”

“是什么样的老师呢？”

“是很严厉的老师呢。”

琳达对自己将有一个美好的未来深信不疑。看到她脸上天真无邪的表情，丹尼回想起自己当初刚开始学法律的时候，老教授反复向学生们强调的那句话："你们将要从事的是从一开始就面临失败的工作。但是，没到最后一刻就轻言放弃，这样的人不值得尊敬。"

丹尼不再借酒消愁，他开始认真考虑自己现在可以做什么。随后他意识到，关于琳达的病情，他其实并不十分了解。不了解对手，便不可能在诉讼中取胜。丹尼去图书馆查阅医学书籍，开始研究女儿所患的名为神经母细胞瘤的病症。专业书籍《小儿疾病》上有关神经母细胞瘤的记述仅二十页，但其中的内容对丹尼来说犹如天书。他本来就毫无医学基础，加之连中学生物都没有好好学过，书中的专业词汇对他来说如同密码一样。为了理解一个描述病情的词汇，他不得不把相关的病理学书籍读上好几十页。最终用了三周的时间，丹尼终于明白了神经母细胞瘤到底是什么，可他能拿到的最新书籍上所写的也只是五年前的知识。为了追踪最新的进展，丹尼又在图书馆的计算机上以"神经母细胞瘤"为关键词检索论文，然后发现仅仅在最近五年的时间里便有1520篇论文问世。为了节约从杂志上复印论文的时间，他雇了打工的学生帮忙，自己则一篇篇阅读复印下来的论文。他从开馆前一小时就等在图书馆门口，直到最后只剩下他一个人，被管理员赶出去为止，这期间他一直泡在图书馆里。即使回到家，他也是一头扎进论文堆里。计算下来，除去很少的一点小睡的时间，他一天大约有二十个小时都在埋头苦读这些难解的文章。他就像是被附体了似的，每天回到家看到的都是琳达熟睡中的脸。

最初是一天读完一篇论文，很快变成一天读完十篇论文，最后变成一天读完将近一百篇论文。但随着知识的增加，丹尼也越发理解了这样一个残酷的事实：以今天的医学水平，要想挽救琳达，终究是不可能的。而且和以往不同的是，他已经理解了医学上的根据，便再也无法逃避现实。除此之外，在学习的过程中丹尼还发现，在所有这些数量庞大的研究中，几乎没有任何以拯救患者为目的的研究。就像追溯过往的判例并不会生出新的法律一样，追溯已有的知识，并不会增加对新事物的想象力。从这个意义上说，被称为专业医生的这些人，在丹尼看来，不过是一群碌碌无为的失败者罢了。当然，即使如此，丹尼这个医学领域上彻头彻尾的门外汉也做不了任何事。迄今为止，他所做的一切都是徒劳无功的。

悔恨侵蚀着丹尼的心。这两个月，自己是不是应该多陪陪琳达？身为父亲，采取这样的行动是不是正确？疲惫不堪的丹尼回到家中，轻轻吻了吻因为吃了止痛药而精神恍惚的女儿，问她想去什么地方。这时候琳达把枕头旁边的一本书翻开给丹尼看。那本书名叫《拉塔南之岛》，书上写了一个名为“希望之滨”的地方。

“为什么想去那儿呀？”

“因为不管什么愿望，只要在那儿说出来，就能实现。琳达生着病呢，对吧？所以呢，要是能让琳达的病好起来，那就太好了。”

看着什么都还不知道的琳达，丹尼的眼眶湿润了。他把书翻到下一页，上面是一张插图，插图上画着一望无际的蓝色海洋，遥远的天空上飘着朵朵白云。那美景之地，简直是所有人都一心向往却又永远无法抵达的地方。

第二天早上，丹尼拿着绘本去了旅行社。他本希望找到一个有尽可能相似风景的地方，不过接待他的女性却找到了一个叫作康达岛的地方，这里有个地名真的就叫希望之滨。康达岛是美国统治下的马伊鲁群岛中最小的一座岛屿，据说很少有观光客拜访。像这种连旅行手册都没有的小岛，是不是应该带病中的女儿去，丹尼有些拿不定主意，不过既然那是琳达的希望，便也只有为她实现了。

从洛杉矶中转的飞机飞了四个小时。当琳达开始感到无聊，玛丽使出浑身解数哄她开心的时候，飞机终于降落在那座铁树繁茂的小岛上。从机场坐出租车大约三十分钟，的确有一个希望之滨。然而与它美丽的名字大相径庭的是，这里只有布满岩石的海岸线，几乎没有任何令人感动的景色。也就只能沿着海岸线人行道内侧的狭窄海滨散步，不时与牵着小狗的当地人擦肩而过。尽管如此，琳达依然因为这里就是“希望之滨”而欣喜不已，她随着起伏的潮水来回奔跑，同岩石洞穴里进进出出的螃蟹玩得不亦乐乎。

晚风吹拂的时候，丹尼抱起依旧乐在其中的琳达，离开了海滨。从黄昏到夜晚，琳达发烧已经是每天必经的过程，伴随而来的还有不断增强的疼痛。丹尼和玛丽、琳达三个人一起沿着街道来到一家名叫耶尔·卡斯特罗的餐馆，然而这时琳达已经被疼痛折磨得有气无力，对面前的食物毫无兴趣，她慢吞吞地品尝着冰激凌，除此之外就只喝了几口橙汁。丹尼翻看菜单，想找一些能够勾起琳达食欲的东西，突然发现菜单上有一种菜的价格高得离谱。这种名叫“葡萄酒煮希望海鞘”的菜式后面还注明了“只在进货时提供”。丹尼叫来侍者问了问，得知这种海鞘只在当地生长，外观丑陋，但味道极好。其中侍者的一句“以前数量多的时候也曾作为药品使用”，引起了丹尼的兴趣。由于滥捕滥捞，这种海鞘如今已经变得极其珍贵，差不多可以用“传说中的存在”一词形容。侍者还说，本来这三个月一直都没有进货，今天偶然得到了几个。最终促使丹尼决定点这个菜的，是侍者说它对身体有好处。

端上来的海鞘又大又丑，表面凹凸不平。眼中含泪、抽着鼻子的琳达看见这道菜，顿时止住了泪水。混合着葡萄酒的海潮气息飘散开来，也许这诱发了琳达的食欲，她很罕见地自己拿起汤勺，开始吃了起来。

“这些凹凸不平的东西，据说实际是一个个肿瘤……不过对人体没有害处。”侍者解释说。

这样的海洋生物也会生肿瘤吗？丹尼一边想，一边切下一小块稍稍尝了尝。肿瘤的部分吃上去咯吱咯吱的，带有一点微微的甜味，虽然看上去模样丑陋，但的确可以说是美味。吃这种生病的东西也不是没有一点毛骨悚然的感觉，不过幸好丹尼此前学过有关肿瘤的知识，知道肿瘤虽然可怕，但至少不是传染性的病症。

看着琳达狼吞虎咽地吃这个丑陋的疙瘩，丹尼的脑海里涌起一个疑问。肿瘤可以分为良性肿瘤和恶性肿瘤，病理学书籍上写得明明白白：不同于良性肿瘤，恶性肿瘤的特征之一就是具有粗糙丑陋的外形。眼前海鞘上生的这些肿块，怎么看怎么像是恶性肿瘤的模样。为什么这种生物会生有恶性肿瘤呢？

“每个海鞘上都有这种肿瘤吗？”丹尼问侍者。

“嗯，只要是希望海鞘就都有。不过准确地说，小的时候没有，大了才有。”

“那这种海鞘是怎么采的呢？”

“潜水员潜到海里，把贴在岩石上的海鞘一个个剥下来。”

这么说来，采下来的海鞘应该都是活的，但又都是癌症晚期的模样，这到底是怎么一回事？丹尼沉思着，偶然看了琳达一眼，惊讶地发现琳达居然把整个盘子里的东西都吃光了。

出了餐厅，三个人沿着海岸线漫步。清浅的月光将海面照映得波光粼粼。听着琳达的小鞋子踩在沙滩上的细微声响，丹尼的头脑中满是刚才所见的丑陋海鞘。突然间，“共存”一词跳进了丹尼的头脑里。那个海鞘很可能是和癌症共存的！想到这一点，丹尼急忙把玛丽和琳达送回旅馆，自己向耶尔·卡斯特罗匆匆赶去。

“刚才的海鞘还有吗？”

看到急得脸色都变了的丹尼，侍者吓得说不出话来。丹尼撇下侍者，径直闯进厨房，找到了一只还泡在盐水里的海鞘。

“这只海鞘刚被订购了，眼下正要下锅。而且现在只有这一只……整个岛上只有我们这一家餐馆做这个菜，所以除了这一只，恐怕整个岛上就再也没有了。”厨师这样说。

丹尼请侍者把自己带到订购这只海鞘的客人那边，那是一位身穿黑色西服的老绅士，坐在靠窗的位子上。

“我的女儿患了一种名叫神经母细胞瘤的病，为了治病，我非常需要这个海鞘。求求您，请把它让给我，多少钱都可以。”

丹尼连自我介绍都没做，便如此单刀直入地恳请对方答应自己的要求，那位绅士脸上露出苦笑，请丹尼坐下来慢慢说。

“转让海鞘没有任何问题，不过我对您的话很感兴趣。我叫汤姆·安德森，正好是这里附近医院的医生。请和我详细说说您女儿的情况吧。”

丹尼听说对方是医生，又惊又喜，他把刚才自己在沙滩上想到的事情一口气介绍给对方。

“我的专业是律师，并不是医生。只是因为女儿的病，学习了一些有关肿瘤的知识。我刚刚听说这种海鞘，感觉它好像长了很多肿瘤。根据我所掌握的知识，从外表看，它应该是不受抑制、无限增殖的恶性肿瘤，但是偏偏所有的肿块都是类似的大小，而海鞘能够和这些肿瘤共存，我觉得非常奇怪。看起来，海鞘本身应该具有某种抑制肿瘤增大的机制。您觉得，我的想法是不是有点道理？”

“我的专业是精神科，对于癌症的理解恐怕还不如您透彻。不过回想很久以前我还是学生的时候学习的病理学知识，的确如您所说，这种海鞘的肿瘤看上去像是恶性的。说来惭愧，我在这里住了这么久，吃这种海鞘也吃了很多次，但是从来没有想到过这一点。不过，的确是很有趣的想法。虽然说海鞘这样的海洋生物和人类这种哺乳动物截然不同……那么，您打算如何处理这个海鞘呢？”

“我打算用显微镜观察肿瘤部分，弄清楚它到底是什么东西。然后再想办法找出抑制肿瘤增殖的机制，说不定就能治好我女儿的病。”

丹尼一边说，一边也觉得自己说的像天方夜谭。

“很遗憾，我对神经母细胞瘤一无所知，不知道您的想法是不是真能实现。不过，如果有我能够帮忙的地方，请随时和我联系。”

汤姆说着，递给丹尼一张名片，自己改订了一份烤羊排。

丹尼请耶尔·卡斯特罗餐厅继续在水槽里饲养海鞘，把琳达和玛丽留在岛上，自己一个人再次拜访了斯坦福大学的多基奇教授。在秘书室等了四个小时之后，丹尼意气风发地说明了自己的想法。

“对不起，你的想法只是门外汉的妄想，”多基奇对丹尼的想法嗤之以鼻，“海鞘和人类之间存在着决定性的差异，不可能相提并论。”

多基奇和汤姆的说法差不多。

“即便同样是人类，癌症发生的部位不同，性状也会完全不同，况且是海鞘这种海洋生物的癌症，对于人类而言，没有任何参考价值。”

丹尼还想再问几句，却被多基奇拦了下来。他以必须马上去参加癌症治疗学会为由，丢下丹尼离开了房间。

丹尼在旅馆通过互联网检索“海鞘专家”的关键字，找到了洛克菲勒大学的贝鲁特教授，于是又乘飞机去了纽约。他只在机场的长椅上睡了三个小时便赶往医学中心，可惜去得太早，教授还没有来。他在走廊里等了很久，终于来了一位满脸胡须的教授。对于丹尼的问题，他只在擦身而过的时候说了一句：“海鞘的病我一点都不了解。”

抬头望着帝国大厦宏伟的身影，丹尼在幅员辽阔的美国土地上从一端找到另一端，最终发现几乎没有一个人对海鞘的病症感兴趣。他下定了决心：既然如此，那么只有我自己来做了。

回到岛上，丹尼在机场找香烟的时候，在上衣口袋里发现了一张名片。那是在耶尔·卡斯特罗餐厅遇见的医生汤姆的名片。汤姆的头衔是威斯特医院的院长，丹尼问了搬运工，得知威斯特医院是这座岛上唯一的医院。丹尼前去拜访，只见这座医院坐落在山丘上，虽然不大，却是综合性的全科医院。丹尼来到院长室，汤姆正坐在宽大的院长室的桌子后面写东西，看到丹尼来，他停下手头的工作，请丹尼在沙发上坐下。

汤姆在对面坐下，他表示出对丹尼想法的理解。但同时也坦率承认，他自己也认为丹尼的想法实现起来颇有难度。不过，汤姆认同丹尼的想法的确有趣，而且作为远离本土的小岛上的医院，身为院长的他，多少有些通融的权力。汤姆首先声明谈不上提供什么指导，接下去说：“病理研究室里有个研究员，是个女孩子，我让她帮你一起研究，你看怎么样？”

对于本来不得不独立完成研究的丹尼来说，这真是求之不得的提议。

汤姆在病理研究室给丹尼安排了一张办公桌。他介绍的研究员名叫萨丽，刚刚大学毕业不久，是个身材苗条的高个女孩。她平时的工作只是将从患者身体上切取的组织做成显微镜观察用的玻片标本。虽然在医院工作还不到半年，但出身医学专业的萨丽，医学知识还是远比丹尼丰富。而且与声名显赫的教授学者不同，只要丹尼有不懂的地方，萨丽就会用通俗易懂的语言一点点解释给他听，丹尼也可以毫无顾虑地向她询问任何问题。

开始着手的时候，丹尼希望能像人体病理图谱上记载的照片那样观察海鞘的肿瘤部分，于是萨丽将海鞘的肿瘤部分切成薄片，做成病理标本，使用苏木精－伊红染色液[1]，花了两天时间染色。

“看来海鞘的细胞也是一种普通细胞，所以跟人类的细胞一样被染色了。我第一次知道呢。”

萨丽一边这样说，一边把染色完成的玻片放在显微镜下，调整好位置，请丹尼来观察。丹尼透过透镜看到的景象，的确

1 苏木精－伊红染色液：苏木精－伊红染色法中使用的染液。苏木精－伊红染色法，简称 HE（Hematoxylin–Eosin）染色法。苏木精染液为碱性，主要将细胞核内的染色质与细胞质内的核糖体等嗜碱性结构染成蓝紫色；伊红为酸性染料，主要将细胞质和细胞外基质中的蛋白质等嗜酸性结构染成粉红色。它是胚胎学、病理学等科研中最常用的染色法之一。

和以前在病理学教科书上看到的组织照片相似。在整个都被染成紫色的组织之中，唯有细胞核的部分被染成更深的紫色。但是，丹尼连如何区分它是恶性肿瘤还是良性肿瘤都不知道，而萨丽虽然可以给组织染色，但毕竟不是医生，并不擅长病理诊断。

第二天，丹尼去请每周从本土来这里一次的年轻医生帮忙，对方仅仅瞥了一眼便说："我对海鞘一点都不了解。"

"有没有和人类的癌细胞相似的地方？"

"相似不相似，没有一个比较的标准，什么都不好说。"

医生显然对这份标本没有什么兴趣，他手头的工作一做完，便起身离开，只留下丹尼一个人。丹尼对那些只对自己知识范围内的东西发表意见的医生和研究者满腹怨气。

丹尼开始自行观察显微镜。他回忆起自己还是穷学生的时候将难懂的哲学教科书读了一遍又一遍的事。当年他只是个连空调费都付不起的穷学生，当然也没有买参考书和解说书的余钱，只能尽可能地死读，即使连其中的内容都理解不了，也要拼命把文章死记硬背下来。直到某一天，因为某一个连他自己都不清楚的机缘巧合，之前一直都不能理解的一篇文章，他突然理解了，然后，整个错综复杂的脉络便豁然贯通。

丹尼就像那个时候一样，虽然眼下不能理解，但还是不断观察显微镜下的玻片标本。他将萨丽做的标本看了整整一个晚上，第二天又死死抱着显微镜看了一整天。除去在沙发上小睡和吃饭的时间，丹尼就像着了魔一样，不停地观察。但是，不管怎么观察，视野里终究不过是单纯的图像。无数的点和曲线组合成毫无意义的形状，从中找不到任何规律。丹尼不得不时刻集中精神，才能防止自己的思绪飘到别的地方。

晚上，他回到旅馆，琳达已经睡了。

“刚才琳达一直疼得哭个不停。”

听着玛丽的话，丹尼抚摸着琳达的脸颊，孩子的脸上还残留着泪痕。

“我说，你别再搞什么古怪的研究了。还是早点回去，找一家好医院好好给琳达看病吧。”

“好医院不是没有找过。可是医生也好、教授也好，他们做过些什么？不是都在说不行、不行、不行吗？”

“可是，专家总比你懂得多吧？你连打针都不会。琳达不是你的实验品啊。”

玛丽满脸疲惫，宛如哭诉。

丹尼离开旅馆，回到了实验室，然后他待在房间里，一步也不出来，不停地观察显微镜，一直看到双眼充血，连眼中所见的白色墙壁都蒙了一层粉红色。三天之后，哪个部分是什么模样，全刻在了他的脑海里。不可思议的事情发生了。他能分辨出肿瘤细胞的外形和正常细胞的外形究竟有什么差别了。虽然只能用自己的话来解释究竟什么地方有差别，但至少可以解释给前来观察显微镜的萨丽听了。

“你看这个细胞里面的核，圆圆的，如果是肿瘤细胞，它的外形凹凸不平，但正常细胞都是光滑的圆形。”

丹尼取出书橱里的病理学教科书，朗读描述恶性肿瘤病理特征的章节，将“凹凸不平”换成“不规则”这样的专业术语。他对于自己的想法很有自信，而且所有的细胞都可以用这样的基准分辨。这天晚上，丹尼回到久违了的旅馆，带着难以抑制的兴奋，一边喋喋不休，一边把显微镜照片拿给玛丽看。玛丽虽然吓了一跳，但看到丹尼兴奋的模样，决定不再劝阻丹尼。

到底是海鞘中的什么抑制了肿瘤的发育？还有，究竟怎么做才能找到那个神秘的物质？丹尼开始进入下一个阶段的研究。没时间犹豫，他和萨丽商量，萨丽说："你要做的事情，和抗癌剂如何对癌细胞发生作用的研究差不多。我想研究的方法应该也类似。"

萨丽从桌子的抽屉里取出一个文件夹，把自己的硕士毕业论文递给丹尼。那是一篇给培养的癌细胞施用抗癌剂，研究其如何生效的论文。在那篇论文中，还是研究生的萨丽将自己的实验方法一条一条仔仔细细记了下来。然而这里有一个问题，在试管中进行实验所必需的细胞培养装置，病理研究室中没有。

丹尼和萨丽一起在医院里寻找培养装置。细菌检查室虽然有培养装置，能够培养痰和血液中的细菌，但萨丽认为，那台设备根本不能用于细胞培养。他们和销售实验设备的商家联系，请商家报价，然后得知像他们所需的这种细胞培养装置，最少也是三万美元起步。丹尼以捐赠的形式将这笔钱交付给医院的事务处，又从汤姆那里获得许可，腾出一个放杂物的房间作为实验室。

主要设备是所谓的无菌操作台，那是能够进行无菌操作的实验台。此外还有恒温器，是能够产生一定温度环境的类似孵化器的设备。丹尼一面向萨丽学习细胞培养的操作顺序，一面将海鞘的肿瘤部分切成薄片，着手培养肿瘤细胞。他将肿瘤细胞放入盛有培养液的培养皿，两三天后，细胞便从切片中爬出来，紧贴在培养皿的底部。去除肿瘤切片，倒入具有蛋白质分解酶的溶液，将紧贴的细胞分解开来，再分别放入另外的培养皿中。经过这一连串的操作，最终得到生长在培养皿中犹如卵石一般的肿瘤细胞。

同时，他又从希望海鞘光滑的正常部分切下三角形的一块，将之磨碎，再以孔眼极小的滤网过滤，得到透明的液体。如果丹尼的考虑——希望海鞘自身能够分泌抑制肿瘤的物质——是正确的话，那么这种阻止肿瘤生长的物质应该存在于包裹肿瘤的正常组织中。在萨丽的指导下，丹尼将获得的透明液体注入生长有肿瘤细胞的红色培养液中，再将培养皿放回恒温箱。几天之内，应该就可以看到肿瘤的发育出现某些变化。

“能起变化就太好了。”

然而事实却与萨丽的这句话截然相反。第二天，第三天，始终没有看到肿瘤细胞的发育出现任何变化。

不管实验多少次，结果都是一样的。每天晚上丹尼都是心力交瘁地回到旅馆，玛丽察觉到了他的烦躁不安。

“我以为希望海鞘肯定在分泌能够抑制肿瘤的物质，难道这个假说真是门外汉的异想天开吗？”

丹尼半是自言自语地说。看到一向不服输的丈夫罕见地心灰意冷，玛丽更生出一层担心，怕他由失望转向自杀。

“你已经尽力了。要不，放弃吧？”

“嗯……不，让我再试试。”

丹尼有气无力地回答。

实验需要不断改变添加的液体量，一天中要使用将近三十个培养皿。某天早上，丹尼和往日一样将这些培养皿逐个放在显微镜下面观察。忽然，他对自己的眼睛产生了怀疑。依照编号顺序排列的培养皿，直到中间都没有出现任何特别的变化，但从某个号码开始，其后的培养皿中所有肿瘤细胞都漂浮上来死掉了。丹尼想起萨丽曾经说过，培养皿若是受到细菌的污染，细胞就会死亡，所以他推测这种情况可能是受到细菌污染，便也没有太惊讶，只等着萨丽来实验室。可是萨丽来了之后只看了一眼便说：“有细菌感染的培养液会变浑浊。这些培养液没有变浑浊，不会是细菌感染。”

培养液用的都是从同一个瓶子里取出来的东西，细胞也是从前几天增殖后的同一个培养皿中取出来、依次分配到各个培养皿中的，各项条件都没有差异。可是如果没有差异，为什么只有一部分培养皿的细胞死了呢？怎么也说不通。

“对了，我想起来了！昨天试管里的滤液用完了，中途我用了另一根试管里的滤液。”

吃午饭的时候萨丽突然说。试管不同，意味着从海鞘上切取组织的部位可能会有不同。丹尼从冰箱里取出海鞘。虽然每次只用很少的一点，但剩下的也已经不多了。特别是他们切取的都是正常部分，所以剩下的多是粗糙不平的肿瘤部分。可是不管怎么看，海鞘身体的各个部位都没有什么明显的不同，难道说只有其中一部分才会分泌抑制肿瘤的物质？这个念头首先跳进丹尼的脑海里。

丹尼开始用一星期前刚刚拿到的新的希望海鞘做实验。这一次他把切取的每一块都仔细做了记录，希望能够找出究竟哪个部位才具有抗癌活性。他给海鞘身体的各个部位都编上号，清清楚楚地记下切取部位的号码。然而不可思议的是，实验结果显示不管哪个部位都没有抗癌活性，最后又只剩下肿瘤。

“到底怎么回事？”

面对自相矛盾的实验结果，丹尼把第一个海鞘的残余部分和第二个海鞘的残余部分放在一起，盯着它们呆呆地出神。突然，他注意到第一个海鞘的肿瘤部分被切掉了一小块……拿第一个海鞘做实验的时候还不像第二个海鞘那么仔细，切到最后正常部位剩得很少的时候，大概连肿瘤的部分也一起切下来了……

丹尼的脑海中电光石火般地一闪。

……显示出抗癌作用的那个试管，其中放的会不会不是正常组织的过滤液，而是肿瘤的过滤液？一直以来，他都以为抑制肿瘤的物质是由包裹肿瘤的正常部位分泌的，难道实际上并非如此，分泌抗癌物质的部位其实就是肿瘤自身？

如果肿瘤自己具有控制自身发育的机制，那么自然可以解释为什么所有肿瘤都不会超出一定大小。丹尼立刻着手验证。他切取肿瘤的各个部位，磨碎过滤之后加入培养液，第二天早上再看，只见所有加了过滤液的培养皿里的癌细胞全死了。

“重大发现啊！”萨丽兴奋地说。

“该进入下一个阶段了。接下来该怎么做？”

“接下来就要分析肿瘤当中的什么物质起到了抑制癌细胞的作用，然后进行提纯。”

“那要怎么做呢？”

“嗯……比起我们之前做的内容，这部分工作的专业性要高出很多，算是专业人员的研究项目了。我也没有做过。不过我倒是认识一个专门做这个的人，但是提取一种物质可能要花上好几年的时间。”

听到萨丽的回答，丹尼不禁愕然，半晌才说：“能不能先问问看？”

萨丽的那位朋友是在大企业里做医药开发研究的。丹尼请萨丽尽快打电话去问，得到的回答是：“你们说的这种东西听起来像是蛋白质，不过也有可能是脂类物质。总之类型不同，分离和提纯的方法也大相径庭，唯一的办法就是一个个依次实验，直到成功。想靠自学找出这种物质，大概是痴人说梦。”

然而最令丹尼失望的还是对方的断言：“退一万步说，就算能找出来，至少也需要足够多的希望海鞘，还要有足够长的时间。”

丹尼请对方开一份有关提纯的专业书单，自己去图书馆借来一看，只见上面写的操作顺序远比细胞培养复杂得多。虽然他对提纯一窍不通，但也能一眼看出这种事情不是一朝一夕能够完成的。更不用说机器的价格动辄数十万美元，根本不是个人所能承受的金额。

丹尼又给大学和医药企业打电话，探询他们能否协助自己的研究。所有接电话的人都对他的提案显示出一定的兴趣，然而一旦进入实质性阶段，要讨论共同研究的具体手续时，大学也好、企业也好，都没了消息。其中，还有不少大学教授认为丹尼的话不过是妄想症的表现。总而言之，没有论文作为证明，又是从业余研究者嘴里说出来的话，谁都不会相信。至于论文，根据萨丽的经验，从投稿到刊登，就算再怎么顺利，两三个月的时间总是要花的。

丹尼束手无策，只得再去找汤姆商量。

“我虽然还不知道到底什么物质有效果，但是不管怎么说，把海鞘捣烂了，直接注射到琳达身体里，你看行不行？”

汤姆对于丹尼从实验结果生出的这种想法表示了一定的理解，但是他接着又严肃地说：“如果把混有杂质的液体直接注射到琳达体内，很可能发生严重的过敏反应。依我看，还是不要冒这个险。”

丹尼回到已长期滞留的旅馆，忽然发现沉睡的琳达脸上显出了与她年幼的生命不相称的皱纹。汤姆为她开了麻药让她服用。清醒的时候只要一停药，她就会被剧痛折磨得死去活来，这时候只能让她吃麻药止痛。麻药不会立刻生效，只有麻药生效后，她才能安稳入睡。丹尼自己虽然对于目前为止研究的进展颇为自信，然而究竟能不能拯救琳达，他没有丝毫的把握。

……自己得到的实验结果，就算不能作为论文发表，能不能先在什么学会上发表，然后再等待进一步发展？啊，不行，等待的时间太长了。对于琳达来说，时间已经不多了吧。这么看来，到今天为止，我究竟做了些什么？如果救不了琳达，就算拯救了全天下的人，又有什么意义？可是反过来说，哪怕是一场注定失败的战争，既然已经到了这一步，我除了硬着头皮往下走，尝试做一做分离纯化，还能做什么呢……

丹尼想了许多。

为了收集更多的海鞘，他向耶尔·卡斯特罗餐厅请教了当地渔民们的住处，逐一登门拜访。然而大家都不愿意仅仅为了采集几个海鞘特意出海，没人接受丹尼的请求。幸运的是，某天丹尼在拜访某位日裔渔民的时候，对方告诉他，有一位嫁到此地的日本年轻女性，擅长的正是潜水捕捞。丹尼按照对方告诉自己的地址找上门去，见到的是一个小个子女性，名叫真理子，怎么看都不像能潜水的模样。但据真理子自己介绍，她从小就继承了日本海女[1]的传统，特别是贝壳类的软体动物，更是她经常捕捞的对象。真理子本来嫁到此地后已经不再潜水，不过耐不住丹尼的苦苦哀求，加上这一带附近的海域并不算太深，真理子最后答应了丹尼的请求，决定随丈夫出海帮他找找看。令人惊讶的是，第二天真理子便采到了希望海鞘，送到了研究室。这样一种旁人几个月来一个都采不到的东西，真理

1 海女：日本从事深水捕捞的渔民，女性称为海女，男性称为海士。日本的深水捕捞历史极其悠久，《古事记》《万叶集》等古籍中均有记载。

子每天都能采到两个以上。几天下来，研究室的小水槽都被塞满了。

研究材料不用再担心，丹尼的心中便又重新燃起了研究的希望。他把能否成功的问题放到一边，首先尝试调查这种物质具有什么样的性质，稳定性又如何。丹尼按照教科书上的操作顺序，把希望海鞘磨碎之后加热，再将过滤液注入生长有肿瘤细胞的培养皿中。随后他发现，即使是经过加热的过滤液，癌细胞的增殖也受到了抑制，这表示他所要寻找的物质具有耐受物理性处理的稳定性。丹尼又用酸性物质和碱性物质对其进行处理并实验，发现该物质依然具有抗肿瘤的活性，由此可知它应该也是耐受化学变化的物质。这些都是对于提纯极为有用的性质，实验的结果更给丹尼增添了几分勇气。

然而坏消息也接踵而至。汤姆给琳达做了CT检查，他告知丹尼，肿瘤在肝脏的扩散加重了，恐怕琳达撑不过三个月。丹尼无计可施，只能同意继续加大麻药的剂量。趁着难得出来一次的机会，琳达在检查结束之后第一次来到父亲的研究室。她被母亲抱着去看生长在水槽里的海鞘。这时候恰巧真理子将自己采的海鞘送来实验室，对话间无意中提及日本有生吃鱼虾的习惯，还当场吃了一个海鞘做示范。

“我也要吃。”

琳达突然说出这句话，在场的所有人都吓了一跳。这时候的琳达，营养都被疯狂生长的肿瘤抢去，身体消瘦得不成人形。而且琳达自己的食欲也是积久不振，很久以来都没有听她主动提出想吃什么东西了。玛丽劝她说，这东西吃起来太恐怖了，话刚说到一半就被丹尼拦了下来。他把生的海鞘切成片，就这样喂给琳达吃，琳达一下就把冷冷滑滑的海鞘片吞了下去。

“这种神秘的抗癌物质具有化学稳定性，说不定通过消化道吸收之后依然能保持生物活性，”萨丽在一旁低声自语，“再多吃点吧，让她生吃下去，说不定会发生什么奇迹。”

萨丽本就对“医食同源”的中医理论抱有不小的兴趣。其实只要对医学多少了解一些的人，就会明白这种说法没有任何根据，纯属空穴来风。不过不知算是幸运还是不幸，丹尼也好、萨丽也好，都不是对医学熟悉到如此程度的人。如果换作专家，没有被理论证明过的东西，是断不敢贸然进行人体实验的，不过丹尼并没有这样的谨慎和胆怯。而且促使丹尼做出这个冒险决定的最大原因还是这样一种预感：按照目前的步骤，无论怎么实验，恐怕都来不及进入实际的治疗环节。

从第二天开始，真理子采来的活海鞘全送到了琳达那里。不可思议的是，不管怎么吃，琳达一点也不嫌多，更没有半点吃腻的样子。

“正因为身体需要，所以才会越吃越爱吃。”真理子这样说。她最近开始长时间潜水，采到的海鞘数量比此前更多出许多。

不知是不是因为摄入了足够的营养，过了一周的时间，琳达的肉渐渐长了起来，消瘦的脸颊也慢慢变鼓了。不过相比这些外表的变化，玛丽注意到了更重要的方面：从这一周开始，琳达使用的麻药剂量变少了。

听到玛丽说琳达的疼痛正在逐渐减轻，丹尼立刻跑到汤姆的办公室向他汇报。汤姆虽然不太相信地说“才一周的时间不可能有什么变化”，不过还是禁不住丹尼的劝说，帮他检查琳达的肿瘤大小是不是有了改变。

CT扫描检查之后，汤姆一看到胶片顿时就惊得目瞪口呆。肿瘤的大小只剩下了原先的一半。

“要是能把这个物质分离出来，那就太厉害了。”

满怀兴奋的汤姆，再一次拜访了很久没有去过的研究室。当他看到研究室的水槽时又吃了一惊。他吃过那么多年的希望海鞘，可是像这么多海鞘生长在一起的情形，他还是第一次见到。

“过度捕捞的话，会不会导致它灭绝啊？”汤姆有点担心地问，“不能人工养殖吗？”

“现在还不行。”

“要是发表了实验结果，肯定会有人主动和你联系，协助你提纯、合成这种物质。等到生产出药剂……”

“那时候琳达已经死了。”丹尼打断了汤姆的话。

汤姆哑口无言。

希望海鞘本来就很稀少，照如今的消耗速度，的确坚持不了多少时间——这件事丹尼也很清楚。如果他想要拯救更多受到神经母细胞瘤折磨的孩子，那么最应该做的是研究海鞘成分当中的什么物质会起到如此的作用。这样的想法丹尼完全理解，然而对于此刻的丹尼来说，拯救琳达才是头等重要的事。

“这样吧，我把后面采的海鞘留下几个，冷冻起来留作分析，你看怎么样？”

“嗯，也只有这样了……”

汤姆也提不出什么更好的方案，只得接受丹尼的提议。

对于丹尼来说，最大的问题是，海鞘的消失和肿瘤的消失，哪一个会先到来。实际上正如汤姆担心的那样，真理子采到的海鞘数量正与逐渐变长的采捞时间成反比。

琳达依旧贪婪地生吃希望海鞘。四个星期过去了，即使不用麻药，她也不再说疼了。

“太惊人了。”

两个星期后，汤姆再次给琳达做CT检查时忍不住感叹。

肿瘤的尺寸更小了。从三分之一到四分之一，再从四分之一到五分之一，到琳达开始吃海鞘的两个月之后，CT检查已经看不到肿瘤的踪迹了。

“我想去学校。”

从旅馆的窗户看到上学的孩子们，琳达这样说。第二天玛丽给她办了手续，送她进了岛上的学校。而在这时候，真理子所采的海鞘数量却越来越少，三天之中她才找到了一个，过了一个星期才又找到一个，然后又过了两个星期什么也没有找到。从真理子不再送海鞘来的时候开始，过了一个星期，又过了两个星期，在丹尼和玛丽提心吊胆的祈祷之中，过了整整一个月，CT检查依然没有发现肿瘤的踪迹。

汤姆将所有的CT照片做成幻灯片，前往匹兹堡参加学术会。临行前他意气风发地对丹尼说："只要把这些照片展示出来，会场肯定会一片轰动。"

然而汤姆的演讲却被淹没在真菌和茶的抗癌效果演讲中。而且他在演讲的一开始就说明自己的专业是精神科，也是个失败的策略。对于这份怪异的演讲，会场的反应极为冷淡，没人认真对待这个老医生的奇怪报告。对于主持人"究竟是什么攻击了肿瘤细胞"的问题，汤姆能回答的仅仅是"某种非常稳定的物质"。而且，神经母细胞瘤本来就有可能发生转移，虽然不经治疗自然痊愈的病例极为罕见，但也不是完全不存在。在场诸人普遍怀疑，有什么能证明汤姆报告中的病历不是那种情况呢？

"病人开始食用海鞘的时间和肿瘤开始消退的时间一致。因此，不存在自然消退的可能性。"

汤姆竭力主张自己的观点，然而连愿意反驳他的人都没有。

虽然满怀自信，然而冷静下来仔细想想，事实上到目前为止也只有一个病例而已。医药企业的参会者连出声询问的兴趣都没有，心灰意冷的汤姆回到岛上，下决心即使自己出钱雇用研究人员也要把这个划时代的神秘物质分离出来。可是当他打开研究室里保存海鞘的冷柜，发现连一个希望海鞘都不剩的时候，惊讶得目瞪口呆。丹尼背弃了自己的承诺，连分析用的个体都没有留下，都喂给女儿吃了。

"我想做人工养殖来着，可是没成功。"

第二天，面对汤姆的质问，丹尼这样说。这时候真理子因为很久以来一直都找不到希望海鞘，也不再下水了。

两年之后，《科学》期刊上发表的一篇论文在世界上引起了巨大的轰动。该论文中报告了这样一个发现：鲨鱼软骨中含有某种成分可以抑制癌变的血管生长，从而起到抗癌的作用。长期以来人们总是从细菌或植物这些陆地生物中提取抗癌物质，从这篇论文开始，医学界才首次将目光投向海洋生物。虽然随后运用于患者临床治疗时，人们发现鲨鱼软骨并不如预期那样具备治疗癌症的特效，但大多数研究者确实开始将研究重心转向了神秘的海洋生物。又过了五年，《自然》期刊上又有论文称，加勒比海的海鞘中含有抗癌的物质。由此为契机，海洋细菌和具有生物浓缩作用的海鞘的生物活性也成为研究人员关注的焦点。作者约翰·库珀在写作论文时检索了过去杂志与学术会上发表的全部文章，发现汤姆曾经在匹兹堡发表过类似的主题。他给医院打去电话，接电话的已经是继任的院长了。

约翰专程拜访小岛，从供职于医院的萨丽那里听说了有关希望海鞘的整个故事。据萨丽说，约翰要找的汤姆，在学术会发表演讲的五年之后，便因大肠癌不幸逝世。关于汤姆的死因，萨丽还向约翰说了一段耐人寻味的话。她说，遵照本人的意愿，院方将长年为医院服务的汤姆遗体做了解剖，萨丽也制作了相应的病理标本。解剖发现，汤姆罹患的癌症不止一处，整个大肠出现了多处癌症病灶，其中既有晚期，也有前期。根据病理诊断的结果，汤姆患的是家族性腺瘤性息肉病[1]，不过这种病经由遗传获

1 家族性腺瘤性息肉病：Familial Adenomatous Polyposis（简称 FAP）是一种常染色体显性遗传病，特点是在结肠、直肠中存在大量的腺瘤性息肉，并且这些息肉有发展成腺癌的内在倾向。

得，一般几年之内就会发展成癌症，唯独在汤姆的身上，直到老年都能抑制这种疾病的恶化。这是为什么呢？

这一疑问，在约翰接下去访问丹尼的时候得到了解释。丹尼如今已经移居到温暖的旧金山定居。身为律师的他每日忙碌不停，小岛上发生过的事情正在一天天变成遥远的回忆。琳达也已经上了中学，她每年都要接受的癌症复发预防性检查，也在这一年宣告结束。至于琳达自己，则连曾经患过癌症的记忆都没有。虽然她是从晚期神经母细胞瘤中奇迹般生还的患者，但对于其他患者的治疗，她给不了任何帮助。约翰问丹尼，有没有剩下哪怕一小块希望海鞘的残片，丹尼的回答是："没有。"

"我把自己的灵魂出卖给恶魔，换回了我女儿的生命。但首先该谴责的是你们这些专家、学者，还有医生，是你们对那个恶魔不感兴趣。"

丹尼表情狰狞地说，随后笑了起来。

临别的时候，关于汤姆的病症，丹尼把自己的想法告诉了约翰。抑制汤姆大肠癌发病的东西，可能就是他生平很喜欢吃的希望海鞘。

"汤姆是那家餐厅的常客，只要有新的海鞘进货，他肯定要点来吃。我听他说过，他在年轻时就定居到那座小岛上做了医生，原因之一是他喜欢吃海产，当然也包括希望海鞘。我猜想，会不会是因为海鞘能够抑制遗传性大肠癌的发作，他的身体在主动要求摄入海鞘呢？

"杀了恩人汤姆的，就是我啊。"

在这段话的最后，丹尼自言自语般地说。

约翰随后给《柳叶刀》杂志写了一篇短文，讲述了有关希望海鞘的整个经过，其后他自己又探访了多处海岛寻找希望海鞘，然而都找不到。根据约翰的推测，希望海鞘的抗癌作用有可能百倍于加勒比海中生长的海鞘。至于被一些研究者指责为“非常自私、毫无道德”的丹尼，也在去年因为胃癌去世。玛丽为了拯救自己的丈夫，恳求真理子再去寻找希望海鞘，然而真理子花了整整一周的时间，终日潜在冬天冰冷的海水里，最终什么都没有找到，不得不放弃毫无结果的努力。虚幻般的海鞘，又重新化作虚幻，仿佛从未在这个地球上存在过。

丹尼去世之后的第二个星期，《新闻周刊》在角落里刊登了一篇短短的文章，标题是“只拯救了女儿的男子”。文章用颇为讽刺的语气介绍了丹尼如何凭他的一己之力，以希望海鞘的灭绝来换取最爱的女儿的生命。文章的最后写道：“地球上存在着无数与人类看似无关的物种，然而它们的灭绝对人类而言其实是极大的不幸。希望海鞘恰是这一说法的绝好注解。”

手心的月亮

七十年一度的彗星来访，放过不看的话，将来肯定会后悔。因为这个想法，我从壁橱里拿出天文望远镜，架在阳台上对准夜空。今天晚上多云，看不见星星，只有月亮从云层的缝隙间露出脸庞，给云朵映上繁复的波纹。黄灿灿的满月。我不由得放弃了彗星，将透镜指向月亮，心不在焉地眺望。不知看了多久，只觉得月光十分耀眼。忽然间微微打了个寒战，一道闪光劈进我凑在望远镜上的右眼中，恶寒从头一直贯穿到右手指尖，等我清醒过来的时候，发现自己跌坐在阳台的地上。

右手上留下一缩一缩的麻痹感，不知道是落雷还是静电。举起右手端详，手掌上有道若隐若现的光，看起来像是强光的残影，但将视线移到房间的白墙，又没有同样的光芒。握起手，什么感觉都没有。为了消除残影，我把眼睛紧闭了一会儿再睁开，却见原本朦胧的光芒更显清晰。不知怎么回事，总之就是停在手上不走了。我再去看望远镜，想看看月亮为什么会发出那么强烈的、足以留下残影的光，却怎么也找不到原先的月亮。骤然咔嚓一声雷响，像是天空被劈开了一般，大雨直直倾倒下来。

我被大雨赶进房间。右手的残影在明亮的光线里消失了，但还是有点让人不寒而栗。我一口气喝光了杯子里剩下的威士忌。这是因为太阳光有所变化，导致月球反射的光线变强了吗？或者是闪电的光芒照进了眼睛里？两种情况我都没听说过。不过随着一阵颇为惬意的醉意涌上，我便不再介意这样的事情了。窗外暴雨依旧。困倦的我爬上床，关了灯。

尽管闭着眼睛，照在视网膜上的强光还是将意识唤到觉醒的浅滩。意识虽然运转，但身体还在沉睡。给迟钝的身体加上精神的弹力，我强行睁开眼睛，不知怎么地，恶心感总盘踞在薄薄的眼睑里挥之不去。好不容易爬起身，昨天晚上的月之记忆忽然苏醒，条件反射地去看右手，心里想着"真是过分"。昨天的经历是自己的错觉，还是应该说更接近幻觉呢？不过具体要问到底什么过分，我自己也想不出来。

在公司处理着库存管理的事务，我整个上午都对右手上一缩一缩的异样感耿耿于怀。把手摊开又握紧了好几次，似乎没有什么特别的变化。我想大约只是自己神经过敏，应该不会得了什么大病，手上的异样感只要忙起来就会消失吧。我想抓个人说说昨天晚上的奇怪经历，不过总没找到好的时机，一直磨蹭到下班的时候，又觉得这种事情没必要专门拉住急着回家的同事说，也就算了。坐在回家的电车里，回味和昨天基本没什么变化的一天，这样的日子就算略过也没什么关系，不过自己也许就活在这些记忆被抹杀的时间中。在电车的车窗玻璃上端详自己老了一天的容颜。一手拉着拉环，眼前就是自己那张脸。

玄关的灯早上没关。关掉灯的刹那，右手还拉在绳子上，发出的黄色光芒猛然跃进眼里。看到手上月亮的形状比昨天晚上更加清晰，我不由惊得向后一跳，连连甩手，可是怎么也甩不掉。握紧右手，那光芒被五根手指裹住消失，重新摊开手掌，月亮依然怪异而清晰地存在着。因为没什么具体的感觉，只能认为它是单纯的残影。再一次握住手，月光再度消失，然后再悄悄打开，那自孩提时代就司空见惯的月亮依旧怪异而仿佛理所当然般地发着光。把手凑到鼻子上闻，也没有什么气味。

为什么还有残影呢？我的心中满是困惑。拉线打开明亮的白色电灯，月亮立刻消失了。原来如此，我再一次拉线关灯，那月亮又显出朦胧的身影。为了看看会不会再现，我又试了一次。然后慢慢不再恐惧，开始觉得有趣，于是又做了一次。一连三四次，月亮都在黑暗中重现，在光明中消失。白天之所以没看到，只是因为周围太亮而消失了。

想到这样的残影不知会持续到什么时候，我不禁有些惊惶。它是不是烙在视网膜上，一生都无法摆脱了？我听说过有人用望远镜去看太阳而被灼伤眼睛的事，可是看月亮也会受伤吗？我想找个人商量，给住在附近的朋友、同事打了几个电话，但是大家今天刚好都没空。好不容易联系到公司里坐在旁边桌子的河合，这家伙平时动不动就取笑别人，很难算是合适的倾诉对象，不过找不到别人也没办法。我一边觉得自己大概也是太兴奋了，一边把昨天发生的一连串事情说给他听。

“你觉得我该怎么办？”

“嗯，我觉得吧，这个，还是不要和别人说为好。”

他的语气就像是说“你真是蠢货”。这并不是那种所谓的冷静，而是漠不关心的冷淡。我原本还以为他会觉得很有趣，弄不好还会说想马上碰头看看粘在手上的月亮什么的。

“为什么？”

“因为很奇怪。”

“奇怪吧？所以给你看看？看到肯定吓你一跳。”

“啊，不是那个意思。去医院看看吧，应该去看看，毕竟手上粘了个月亮。明天给我看也不迟。”

河合的声音非常低沉。

“医院？啊，是啊。”

站在河合的立场上考虑，要是有个手上粘了月亮的家伙打来电话，我大概也会这么说吧。我习惯性地又和他聊了一会儿，最后还是努力灌注热情说了句“明天到公司给你看月亮”，然后挂了电话。不过就算不是河合，换作别人大概也是这种反应。

话虽如此，看到右手上这枚不知何故若隐若现的月亮，到底有种不太好的感觉，至少我很想知道其他人是不是也能看见它。犹豫了半晌，我最后下定决心，干脆直接去拜访隔壁的住户算了。那是个独居的女性，平时基本没说过话。我想就算被认为脑子有问题，反正也没有什么来往，不会有什么实质性的损失。

“不好意思，那个什么……”

敲门的时候我不禁对现今都市淡漠的邻里关系心存感激。门开了，一个身穿红色毛衣的女子钻过玄关上挂的门帘探出头来。玄关里面放着两本一模一样的书，鲜红的《赫鲁晓夫的私生活》。房间里寂寞地回荡着爵士钢琴曲，好像是比尔·艾文斯的*Home on the Range*。我也有这张CD，放的时候为了不吵到邻居还特意放低了音量。我们在都市的生活还真是“低效”。

“其实，嗯，我身上有点情况，您看我的右手……”

我带着一种莫名其妙的愚蠢感，自顾自地停下寒暄，把右手摊开给她看，那样子就像请她看手相一样。她露出“这家伙真是莫名其妙”的表情，不过倒也没有采取防御性的姿势，我也一副认真的模样。如果非要我说这是“莫名其妙的事情”，多少也有些莫名其妙，不过这已无关紧要。

“到了黑暗的地方，总觉得有东西在我手上发光，有点不放心，想请您帮忙看看是不是真有东西。”

“哎？”

我到底还是含糊其词，没有明说是月亮。不过即便如此，从她脸上的表情来看，大约还是认为我脑子有问题。我不禁有些后悔自己不该这么直截了当。

“不是，那个……”

场面僵住了，我正想要不随便说两句逃走——

“真有趣，该不会是灵异现象吧？让我看看。”

她紧紧盯住我的手，声音里充满了奇异的热情。

“关上灯才能看到？好，我关灯试试。能看到吗？有点害怕呢。”

她边说边关掉了玄关的灯。摊开的右手上，我看见月亮散发出黄色的光。

“哎，看不到呀。”

“嗯，在这儿。”

“哎呀，什么也没有啊，真的有吗？”

“请仔细看，瞧，就在这儿。”

“哎呀，真让人不舒服。没有啊，什么也没有。”

“啊，这样啊……果然。”

“嗯，真是灵异……那，用拍立得拍拍看？也许能拍下来。”

也许是从念写、灵异照片之类的事物中类推出来的办法，不过这个提案确实很漂亮，让我钦佩不已。她从房间里拿出来一架大相机。

“我拍两张，一张开闪光灯，一张不开。”

她还真是细心得怪异。拍的时候手好像有点抖。满怀期待等了三分钟，她“嗯”着递给我的是一张全黑的照片，另一张则是勉强拍出了右手。她那副开心的样子真不知道是不是看到恐怖的东西了。不过至少她和河合不同，似乎对这件事很关心，让我安心了一些。

“大概去医院看看比较好吧。”

然而最后的结论与河合一致。哎，也就是这样了吧。

“还有其他事吗？”

她的语气骤然变成漠不关心。我请她出来看看天上的月亮是不是在发光。

“半个月亮呀。”

不管如何凝神细看，在她所指的方向都看不到半圆形的月亮。我不禁真的有些恐惧。为了不让月亮出现，我把房间的电灯全部打开，就这样睡去。

第二天，我编了个感冒的理由没去上班。来到大学附属医院，在眼科挂了号。门诊室设计成暗室，一进房间，没了外面的光线，便又看到了月亮。年轻的女医生像是刚毕业的样子，我隐约感到不安。

“嗯，是吗？现在也能看到那个月亮？”

她在病历上唰唰地写着什么，好像是把我说的话简要记在上面。字虽然不是很潦草，但不知怎么地就是认不出来。她写的并不是英语，也不是专业术语，总之就是连平假名本身都读不出来。这么说来，医生写的病历从来都认不出，写一手患者认不出的字也许是医生的必修课。她结束了秘密的书写，抬起头来说：“检查一下吧。”

点上黏糊糊的眼药，突然间周围的景色模糊起来，视觉焦点对不到一起。我坐在巨大显微镜一般的机器前面，她开始观察我的眼睛内部。

“嗯，请往前看。好，往右看一点。往左。再往右看，好，立刻往左。有点过了，稍微往右一点。好，就这样往前看。啊，又过了，为什么这么过啊？”

我追着在眼前倏忽来去的绿色光点，不禁觉得这是幼儿园惩罚小孩的游戏。光点忽然跑去了视野外面。

“嗯，检查下来，没有什么明显的异常啊。”

她又开始在病历上书写认不出的字。

“那个，可是月亮……”

“至少角膜和视网膜没有异常。您担心强光损坏视网膜，不过并没有发现那样的症状。另外也很难认定残影会存留这么长时间。嗯……也可能是心理作用，或者别的什么原因。”

感觉无从获救了。

“可是，确实能看到啊。”

“嗯……这样啊……如果是飞蚊症或者激光灼伤，倒是有可能出现这种症状，但检查下来不是这些问题。而且通常来说，在您这个年纪一般也不应该有这些症状。”

“那，到底是什么呢？”

“硬要说的话，大概只能说原因不明吧。”

她轻轻丢下一句。

“去精神科看看吧？比方说，有人会突然觉得视野里出现的鼻子很不舒服，整个人都不对头了。”

她说得很直白。河合和邻居说的医院，大概也是指精神科吧。不过话说回来，既不是无法治愈的眼科疾患，也不需要动手术，还是精神科这种最无关紧要的科室最好吧。还是这么想比较好，我决定这么想。

大约也是精神科的候诊室位于地下的缘故，感觉空气很沉闷。里面迟迟不喊我的名字，我和（我认为）明显不太正常的人们一同坐在坚硬的椅子上，在沉默中满怀紧张地酝酿自己要说的话，不禁感觉自己真要发疯一样。忽然间，脑海中闪过一个念头：只有我所在之处的月亮消失，同时只有我的月亮来到这里。也许这是我自己的月亮，不是他人的月亮吧……这么说来，我的时间也不再和别人相同了吗……如果不是，那是不是月光令人心智发狂的神话原封不动地发生在我身上了……诸如此类的想法在脑中如走马灯般掠过。难道说，我像是小孩子自己跟自己玩一样，造出了一个只有自己能看到的月亮，心理彻底异常了吗？这样的话，我就只能和自己的月亮共享孤独的时间了……我化身为医生，逐渐给自己做出越发可怕的诊断。照这样子下去，简直搞不清哪个是因，哪个是果了。在这样的恐惧之中，里面终于喊了我的名字，我走进有窗的小小隔音诊室。巧合的是，和刚才一样是个年轻的女医生。我不禁想，这么重要的日子，医生运怎么这么糟糕啊。

“今天来看什么？”

被这么一问，我忽然有些不安，把至今为止的经过滔滔不绝地说了出来，像是神经衰弱一样。

“这样啊，那我们好好检查一下吧。”

这一回医生确实关了房间的灯，仔仔细细看了我的右手，也认真听了我的讲述。而且不仅是月亮，还问了我的离婚经历、一个人生活的情况，连公司库存管理的工作、有什么社会关系都问到了。

这些通常都不会对人说的事情，偶尔说一次倒也感觉不坏，不过回应我的都是“哦”“是吗”“这样啊”诸如此类的声音，没有正经的回应，时间一长就不禁感觉有些疲惫。病历上还是写满了看不懂的文字。我禁不住生出和写这种字的人怕是不能相互理解的想法。也许并不需要相互理解，我姑且继续说着，感觉自己仿佛逐渐被掏空，开始有种莫名的不安。

“……刚才眼科那边说没症状，所以来这里看。”

我用一种迫不得已的语气结束了漫长的叙述。

“原来如此。”

她从病历上抬起头，沉思了半晌。在想什么呢？我有点一厢情愿地盼望她是在想什么。

“但您真能看得到是吧，那个月亮？”

“嗯，就像我说的，现在就在这儿。”

“那比方说，光线进入你眼睛深处的时候，有没有什么心灵感应或者被电击的感觉？像是什么神启之类难以言喻的事情？或者自己的思想泄露到旁人那里什么的？”

既然来到挂着精神科牌子的地方，被问这些问题大约也是没办法的。可是就算仔细倾听了我的叙述，这番话也只能让我感觉她的关注点到底还是在我有没有精神病上。如果必须以此为前提才会接待，那不管我说什么，都不会被理解吧。不过与此同时，我又想起精神病患者通常不会意识到自己是精神病，骤然变得不安起来。

“是精神病吗，还是别的什么？”

我直接问出这个问题。仅此一句就感觉自己仿佛真的病入膏肓了。

“很难说。”

她的回答很可怕。

“嗯……先吃点安眠药什么的试试看？就当是诊断性治

疗吧。”

简直是女招待劝酒的语气。

“有类似的病例吗？没有吗？”

“我想也不是没有。”对于咬住不放的我，她的回答暧昧不清。

“也不是没有？那就是有？”

“有吧……大概。”

到底有没有啊？

“那，能治好吗？”

“如果这种药没效果，那就没办法了。”

只好先试试看了，我想。

挂号和候诊花了很长时间，来到医院外面，多云的天空已经呈现出傍晚的模样了。想给很久没联系的在老家的妈妈打个电话，刚翻到号码，就因为情况的恶化放弃了——原本只在黑暗中才会看到的月亮，似乎正在变亮，现在连在傍晚的昏暗中也能看到了。不过擦肩而过的人们谁也没有发现。我的肚子有点饿，进了一家咖喱饭餐厅，在靠窗的座位上吃了非常难吃的咖喱饭。看着手上和汤勺一起来来往往的月亮，隐约生出一种开始习惯现状的恐惧。这也许是一种放弃吧。如果它是幻影，那么医生之所以不理解，是因为他们没有过幻影的经验。但在我心中，这却是“切实的”幻影。总而言之，这大概可以说是主观和客观的问题。

横穿公园的时候，我发现通常总在喷水的水池没有喷水，水面上漂着几片树叶。公园里只有脏兮兮的秋千和沙坑，空荡荡的，不知道是不是过于空旷的缘故，这里不像是公园，而像是为了给两边的道路建一条近路。大约因为附近有个更好玩的儿童公园，这里几乎没什么孩子来玩，就连流浪汉也很少光顾，真是个怪异的公园。然而不知为什么，我不想马上回家，便在椅子上坐下，随即看到一个手臂上缠着绷带、绷带还在渗血的老人。视线相交，他向我蹒跚走来，忽然敬了一个大礼，说：

“报告，俘虏带来了！”

我吃了一惊：“俘虏？”

老人用手臂摆着敬礼的姿势，一动不动地盯着我。过了一会儿，一个中年女子一边跑一边喊“就寝号已经吹过了哟，新井先生”，然后又对我说：“抱歉，他已经老年痴呆了。可能想起战争时候去满洲[1]的经历，以为在行军什么的。打扰您了。”

被喊作新井的老人怒吼了一声：“闭嘴！”转而又满脸惊讶地抓住我的右手。

“哎呀，月亮啊。”

老人的低声嘟囔让我大吃一惊。

“您在说什么呀？”女人说。

但是老人充耳不闻，抓着我的手紧盯着月亮，简直像是在给我看手相一般。似乎他确实看到了月亮。

“真是对不起。他以前从没有这样和陌生人说过话，不知

1 满洲：旧时指我国东北一带，清末日俄势力入侵，称东三省为满洲。——编者注

道今天晚上是怎么了。老大爷，人的手上不可能有月亮啦！”

对这位一个劲道歉的女人，我也没法说“实际上和老人家说的一样”。

“这是完美的满月啊。”

老人低声自语。在我不知所措的时候，老人大约是看够了月亮，又抬腿在公园里转圈走起来。时不时回头怒吼一声：“脚步声不齐！”

“他在和谁说话呀？”我问跟在后面的女人。

女人回答：“好像是跟在后面的俘虏和士兵什么的。”

也许像酒精中毒的患者会以为自己被无数老鼠包围一样，在老人身后，也有无数我们看不到的人跟在后面。老人似乎能听到他们的脚步声和说话声，一边拖着腿，一边嘴里嘟嘟囔囔，时不时怒吼一句“太慢了！”“不要聊天！”“不要停！”，偶尔又向我的方向汇报说：“没有减员！”

老人像是在做点名的报告。可是那并没有让我生出亲切的感觉，反而感到毛骨悚然。突然，老人敬了个礼，向右转身，身子挺得笔直，走得大步流星。那股不知从何而来的精气神简直让人疑惑。

回到房间，我一边端详自己的月亮，一边啜饮威士忌。月光浮在玻璃杯的表面。除了自己，还有别人能看到这个月亮。虽然只是个痴呆的老人，也算是进步吧。云朵密布厚如被褥的天空中看不到月亮，然而晚报上记载的涨潮和落潮的时间却又确凿无误地证明着真正的月亮在物理上的存在。月亮的引力一直都在，全世界的天文台今天晚上也一定在观测“客观实在”的月亮。

就着威士忌服下医院开的镇静用的白色片剂，心情变得异常愉悦，然而随后看到袋子上写着“请勿与酒精一同服用”，又不禁焦躁起来。不过我想反正心情很好，应该没什么问题。忽然一阵倦意涌上，清醒过来的时候，只见月亮浮在琥珀色的威士忌上，随着涟漪细细碎开，化作闪烁的宝石。很久没有因为美丽而感动了，看到一个个细碎的环形山描出的完美圆形，我不禁感叹充满精密细节的月亮真是无比美丽的存在。如此说来，《星球人战》中连每一处凹凸都被刻画出来的宇宙飞船的确非常美丽。在散发着黄色光芒的月亮上也能感觉到一种仿佛要把人吸进去的诚实，就像站在旁边观看人偶工匠专心制作人偶的感觉，尽管后者我没有亲眼见过。这份感慨浸润心脾，让我觉得自己是被这美丽月亮选中的人，快乐的优越感在我周围旋转飞舞。

接下来的几天，月亮都在朝阳的光芒中消失，在房间的灯光和傍晚的昏暗中显现。有趣的是，不管月光如何明亮，都不会照出黑暗中的东西。除了上回那个仅一面之缘的老人，没有人能看见这个月亮，这也使我没法把自己的特异体验当作夸耀的资本。当然，不管我如何为自己的月亮感动，也没有因此改变自己生活作息的道理。最多只有一边工作，一边想着“我有月亮”而露出微笑而已。说实话，笑的时候真有一种自己精神不正常的感觉。我时而担心晚上月亮会消失，时而又担心月亮会不会一直这么亮下去，在这样的矛盾中煎熬到最后，我决定，既然对现状无能为力，就只能努力营造一种不为任何人所理解的、身为“月亮所有者”的自豪了。

阴沉的午后，房间里没有开灯。在我右手上的月亮正散发着近乎炫目的光芒。但是公司里没人注意到这一点。看着环保组织做了贴在桌子前面的“地球是大家的地球”的海报，我忽然想，正因为地球是大家的，所以就可以弄脏和破坏吧？如果地球是自己的，那至少自己不会让别人弄脏它。如果即将灭绝的是自己的宠物，那自己肯定会想尽一切办法让它延续下去。“大家的东西”这种说法等同于“不是任何人的东西”。那么自己到底是谁的东西呢？想到这个问题，不禁又回想起小时候在教会幼儿园里被反复灌输到心生厌恶的祷词：“上帝赐予的生命。”既然是上帝的东西，人类为什么要创造出拥有自我的人格呢？为什么地球是大家的，而不是上帝一个人的呢？我正沉溺于这样的思绪，不知什么时候河合凑了过来。

他笑着说：“之前你说的那件事，让我想起以前在电视上赤冢不二夫说过的话。

“他那时候说，酒精中毒的时候，只要不喝酒，就会看到有客人坐在吧台前面什么话也不说，就是默默地背着身子喝酒，真是一番令人毛骨悚然的景象。去年人事课的佐藤课长据说就是因为酒精中毒被辞退了。他出现幻觉的时候，每次眨眼，幻觉都会变化。其实那倒也挺有趣。不过听说他会看到大勺子上有无数小虫爬来爬去，还有垃圾箱里好多蚂蚁在往外爬，然后还有个姑娘让他去把垃圾箱扔掉什么的。不过最奇怪的是，只要稍微喝点酒，那些幻觉就消失了。所以他没法戒酒，只能陷入恶性循环。”

谁向你打听这种讨厌的事了！不过被他这么一说，我倒也发现这种现象有点类似于吸入稀释剂的幻觉。高中时候我曾经沉迷过一阵子。先吸饱稀释剂，然后和好多人一起钻进壁橱，玩所谓的“轨道飞车”。橱门紧闭的黑暗之中，我们在忽上忽下的幻觉中嬉戏。不可思议的是，只要有一个人喊一声“上了”或者“下了”，所有人都会产生急上或者骤降的幻觉。

回到家，我从桌子抽屉里取出放大镜，仔细观察自己手上的月亮。回家的路上我在书店买了月面详图，现在也从包里拿出来进行对比。啊，这是那个著名的静海，这是那个风暴洋，这是澄海，我就这么一个个顺着找过去。看到静海，想起这里就是“阿波罗 11 号”首次登陆的地方，随后又回忆起孩提时代看过的纪录片，不禁生出奇异的感慨：这个地方现在就在自己手里啊。那里应该正飘扬着体现民族主义的星条旗吧。自己之所以对月亮如此牵挂，是因为它就落在自己的右手上。从某种角度说，这种想法也有点民族主义的味道。

细细地观察让眼睛酸胀，我决定去外面抽根烟。信步一路走到公园，只见椅子上呆坐着之前那位老人。跟着他的女人不在，是个好机会。我走过去，却发现他眼睛里之前那种闪光不见了，整体上有种稳重沉静的感觉。

“您为什么能看到我的月亮？现在还能看到吗？”我向老人搭话。

“你的月亮？”老人用一种第一次看见我的眼神打量着我，随即沉默。

“对，您看，就在这手上有个月亮。”

“你有毛病吧？”老人一脸鄙视地瞪着我。

清醒的时候看不到吗？真奇怪。我不由得掩饰性地说：“听说您在二战时去过满洲。好些年前，我也看过《末代皇帝》的电影。”

“电影是用胶片拍的。”

多少有点文不对题，不过总算是给了个算是回答的回应。

“甘粕[1]在‘满映’拍过电影。”

听着老人异常详细的说明，我回想起《末代皇帝》中扮演甘粕的是坂本龙一。

“那是个很狡猾的人。”

老人继续说，像是在缅怀过去。在电影里，甘粕似乎被描写成一个掌握满洲实权、将溥仪当成傀儡的恶人。没想到在这里竟然还能接触到遥远的虚构世界，我不禁兴奋起来，电影中的人物逐一浮现在脑海中。

“哎，日军的女间谍叫什么名字来着？”

虽然记得角色，但想不起名字了。我觉得自己倒有点像是老年痴呆。

“川岛芳子。”

1 甘粕正彦（1891—1945）：日本陆军军官出身，曾在特务机关工作。后被任命为当时亚洲最大的电影机构伪满洲国映画协会（简称“满映”）负责人，有伪满“夜皇帝”之称。

老人不但报出了姓氏，连名字都清清楚楚地说了出来，让我很吃惊。好像确实姓川岛。这么多年过去了，竟然还记得清清楚楚，这种记忆力真可怕。说不定老人还见过本人吧，我一边想一边试着问："您见过她吗？"

我沉醉在自己的兴趣中。不知不觉，甘粕和川岛在我心里逐渐和扮演这些角色的演员交织在一起。

"见过。"

一副平淡无奇的语气。

"川岛这个人，真的像电影中那样，一直穿着飞行服吗？"

"穿了飞行服。"

"可是大爷，您为什么会见过她？"

"因为做工程。"

老人不知怎么地像是有点发火。也许我什么地方说错话了。为什么他在清醒的时候和痴呆的时候会有这么大的差异？痴呆老人的哪些地方是真实的、哪些地方是他自己的妄想，大概永远不可能弄明白。其实眼前这位清醒的老人也是在以常人无法追随的迅疾之势往来于虚幻和真实之间吧。

突然，老人像是想起什么似的，含糊而大声地说："被那些士兵打得满脸是血。"

我手里拿着为午饭准备的汉堡包，与河合一起走进会议室。时间稍微晚了一点，主讲人已经在屏幕上打出了幻灯片。我边听主讲人介绍这个月洗涤剂容器改变之后的监测结果——据说成分没变，但洗涤力提高了八成——边想为什么只有那个老人能看见月亮，不知道还有没有人能看见。不过，如果其他人能看见，肯定会觉得奇怪，凑过来仔细看的吧。我正胡思乱想，河合忽然小声说：“大概因为传言企划课要缩编，所以他们才赶紧拿些无关紧要的数字出来。

“之前不是还说过什么消费多米诺理论吗？最后好像是伪造的。不过仔细想想也是，无非就是把很明显的事情装模作样说一遍罢了。对了，佐藤课长去过什么幻觉治疗所，你要不要也去看看？”

我不置可否地点点头。

来到河合告诉我的杂居楼，楼外挂着“幻觉治疗研究所”的招牌。走进楼里，只见墙上挂了一块绒毯一样的布，上面写着“你会因为自己与他人相同而心安，还是因为与他人不同而心安？”。从狭窄的楼梯上到二楼的接待处，一个稍胖的中年女人正在聚精会神地把圆珠笔放在拇指和中指间滴溜溜地旋转。

“是哪位介绍您来的？”

她这么一问，我回答说没有人介绍，然后报出因为酒精中毒而被辞退的课长的名字，女人露出明白的神色（大概她以为我也是同样的病症），告诉我说这是基于印度哲学的治疗，问我是否想要参观体验。

我填了申请表，按下门铃推开门，里面有一个点着香火的香炉，气味类似厕所芳香剂。再往里，有个身穿红色休闲服、看不出多大年纪的大胡子男人朝我招手。

“这是以东洋哲学与佛教为基础的精神分析……”

他的介绍和我刚才听到的大同小异。之后他问我为什么来这里，我说："其实是因为两周前，月亮的光线照进我的眼睛……"我向他解释了月亮的事。受这里不知怎么总觉得有些阴暗怪异的氛围感染，解释时本该详细说明的地方被我无端省略，本来无关紧要的事情我却大费口舌。就在我开始感到不安的时候，男人带着奇异的兴奋问："那么现在，现在也能看到吗？"

我回答说这个房间很暗，所以看得很清楚。男人抓起我的手，一边问我在哪儿、是什么样子的东西，一边仔细打量。

"嗯，这个其实不能算是幻觉，更像是 种体验，属于近似错觉的灵异体验。"

"啊？"

"我爸是医生，在老家开过医院。因为是医院，你知道的，每平方米都死过几个人……不，不，应该有几十个、上百个，特别是外科。总有年纪轻轻就得了癌症的，要么就是交通事故死掉的，全是死不瞑目的人。从常识上说，那种地方肯定有幽灵。通常都认为会有幽灵吧？必定会有，对吧？可是很遗憾，我一次都没见过。我还在医院上上下下到处拍照片，可是一张灵异照片都没有。"

男人一口气说了半天，然后突然得出了这样的结论："就算上帝存在，幽灵也是不存在的。因为从结果上说，你的月亮应该和你的离婚经历深刻相关。月亮这个东西，实际上是某种价值观的象征，比方说金钱什么的。因为月光而发狂，其实就是为了金钱而发狂。像你这种情况，失去了亲人，要寻求一个心灵的寄托，结果就是代表了金钱之类价值观的月亮突然出现了。我认为，对你来说，月亮就和家人一样，或者说是家人的替代品。”他好像一下子就得出了结论。

“所以你才会在那种独自一人仰望天空的孤独行为中经历月亮附体的奇异体验。有类似体验的现代人其实相当多，不止你一个。很多人都在治疗，都和你差不多。不过有的人不是视觉，而是听觉。比方说，总是听到什么声音，会出现又孤独又被无数莫名其妙的声音烦扰的颇为讽刺的现象。”

听着男人的讲述，不知不觉间我开始觉得他说的有几分道理，自己不禁也感到不可思议。不过我还是说了一声“其实啊”，然后说出了有个老人在某些情况下似乎也能看到我这个月亮的事情。听了我的话，男人没有半分犹豫，当场回答：

“这说不定只是偶然罢了。是你自己给它加上了自己以为的意义。很多灵异现象只不过是对偶然的一致赋予自以为是的意义而已。”

我心悦诚服。

“问题的根源在于，你的内心深处在寻求自身与他人的差异。差异化也是本研究所的主要研究内容。实际上之所以设立这个研究所，也是因为某一天我突然意识到我自认为自己是一个特别的存在。我认为，把自己和他人区分开的努力，也许正是为了活下去而必需的。在那之前的我，总是为了让别人开心，付出了过多的努力。其实没有那个必要。反而是默默无闻地过日子，更容易给人留下好印象。换句话说，周围的人其实对我毫不关心，只是我自己一直蠢得没意识到罢了。就算失败也不用找借口，因为没人永远记得别人的失败。唯一记得失败的只有自己。最终，自己越是过于努力地扮演自己，越是会伤害自己，只是在不断努力地反刍中自己给自己压力而已。我们每个人都是完全独立的矛盾体。在这矛盾之中，支配与被支配的关系并不存在。不过这并不仅是我一个人的问题，也是无数人的问题。而你的情况呢，则是在荒诞无稽的月亮中寻求差异化。”

我一开始听得如醍醐灌顶，越往后越觉得像是万金油式的心灵鸡汤了。

“那……该怎么办才好？”

我这么一问，男人一脸自傲地回答：“就算多少能在自己内心将其合理化，但实际上痊愈是不可能的。

“最多就是遗忘而已。人类这种生物的本性就是这样。面对无论如何也无法痊愈的最糟情况，就只有遗忘了……与事物表象相对的所谓本质，实际上也只是表层的事实，并没有所谓本质的特别存在。如果说没有看到本质，那仅仅是因为没有仔细去看事实。当然，看的人不同，对事实也会有不同的曲解。虽然也有人用本质、真实之类的词汇去形容它们，但最终也只是对事实的解释有所差异而已。”

后半部分完全不明白他在说什么，不过我还是试着说：“可是，我看到的对我自己来说是事实啊。”

“对啊，所以说那个对你来说大概就是事实，问题是你自己是否认为那是事实。一旦涉及这一点，就是与认识论相关的印度哲学的大问题了。暂且不说‘什么是真实’这样的问题，相对简单的问题是，为什么事实——或者说事物——是从属于认知的。很显然，事物是在自身之外的东西，因而可以断言它们能够被认知。但如果加上‘精神性’这个形容词，那就未必了。如果没有他者的存在，作为精神之存在的自我就难以存在，这一事实对于自我的独立性而言是有所抵牾的，也可以说是危及自我这一概念的状态。所以为了方便起见，通常不管对谁，都必然需要一个普遍的他者的存在。而且为了令他者能够作为他者而成立，必须将自我作为自我来认知。啊，不，这种状况无论如何都是必要的。当然，这是矛盾的，因为任何地方都不存在这样的人。所以绝对的他者只能是谁也不曾见过其存在的神。在人类的所有发明中，我认为最伟大的就是神。因为要充当认识自我的他者，必然需要神的存在。也就是说，由于假定了神的存在，精神世界才得以成为与物质相提并论的存在。在这层意义上，我认为，你的月亮就是你的神。”

“我看到的月亮是我的神？”

“比如说，今天早上有条新闻，说是中东的某个国家有辆校车为了避让对面汽车打瞌睡的司机而掉落悬崖，导致13名儿童死亡。这些孩子平白无故失去了自己幼小的生命，真是一件令人痛心的事。如果有神这种存在的话，为什么神会选择他们？或者说，为什么神不去拯救他们？为什么神会允许这种不合理的死亡发生？我本身是无神论者，不过如果假定神存在，当然就会产生这样的疑问，甚至恨不得要以欺诈罪去起诉神了。顺便说一句，我在大学里学的是生物，为了做实验，每天杀几十只老鼠都是很平常的。按住老鼠的头，拽它们的尾巴，直到把它们的颈骨拽脱臼，老鼠就会失禁、全身痉挛，几秒之内就会死掉。如果神真是全知全能的，那么对于我刚才的问题，只有一个答案，那就是：神和当时的我的立场相似，我们都是在做实验。如果老鼠有语言，它们一定也会称我为神。因为它们唯一能做的，只有将我的不正当行为正当化，将自己的死亡这一不合理的事实正当化，此外无他。所谓生物，就是尽力去做能做的事情，而将做不到的事情当作天生不该做到的事情，轻易放弃，不问缘由。鸟被创造出来飞翔，就不会想在海里遨游。就算偶尔会想，也是立刻放弃。不对，它们连放弃的意识也没有。只有人类才会想去天空飞翔，想去深海遨游。现实当中，老鼠显然没有想象出一个神来，但那不仅仅是因为老鼠的智能低下，也是因为对于老鼠而言，死亡和当下的生存一样，都是理所当然的。如果是的的确确、必不可少的东西，就应该已经具备了与之相应的所谓本能。对它们来说，不需要将自己的死亡正当化，也不需要神的存在。在不需要的地方，神的概念是不会诞生的。”

男人终于在这儿停了一下，眨了下眼睛继续说：“据说，在印度的某个地方，曾经把领主称呼为神。但在领主战败、丧失权威之后，大部分人很简单地转向了无神论，直到今天。有趣的是，在神消失的同时，那一带曾经被广泛信仰的恶魔传说也消失了。所谓神，乃是无法单独存在的东西，就像没有光的地方不会有影子一样，恶魔不存在的地方神也不会存在。哪怕是乍看只有神的社会，最终也是由神同时扮演神和魔两个角色罢了。杀老鼠的我，对老鼠而言，既是神，也是魔，仅此而已。”

“您说的这些和我的月亮有什么关系呢？”

“我说得再稍微明白点吧。自然界中的平等主义是个好例子，也就是在食物链中，在捕食他人的同时自己也被他人捕食的事实。因为神会优待信徒，食物链就被引向了崩溃。所以除了人类，没有别的生物有神。你之所以有月亮，是因为你的潜意识不想置身在以努力换取回报的社会里。年功序列型社会也好、实力主义型社会也好，评价方法虽然不同，认可忍耐和努力的大方向是不变的。学生被要求学习，社会人被要求工作，但是月亮在手却不需要努力。”

“我还是不太明白。”

“意思就是说，就算信仰月亮也无济于事。”

“哎？”

“说这么清楚还不明白？看来你的愚蠢才是病因啊。”

男人似乎被自己说得激动起来，突然把房间的空调开到了最大，温度眼看着冷了下去。我顺着男人手指的方向望去，只见大大的镜子上，“笨蛋”两个字在雾气凝结的表面浮现出来。

“就是这个意思！这个词实际上在你进来之前就存在了。今天早晨我拿手指在玻璃上面写的，随着空调强度的变化已经出现、消失好几次了，只不过面对玻璃坐的你没注意到罢了。你一进来其实就一直在看这个词。我看不到你的月亮，你看不到我的词。”

徒劳无功。我在电车里一边这么想，一边把题为《为何月亮在那儿？》的书从包里拿出来。这题目让我很感兴趣。随手翻开一页，只见上面写着：在太阳和月亮之中，选择哪个来比喻自己，就说明自己是哪种类型的人。选择月亮的人一般要比选择太阳的邪恶。

忽然间有人大声说话，我抬起头，一个醉汉双手抓着吊环，望着窗外说：“弯月真美啊，从没见过这么美的月亮啊。”

因为这是醉汉说的话，一开始大家都沉默不应，但是渐渐地，有些人也开始说起“真美”“真漂亮”。随后更多的人受到影响，也向窗外投去目光，背对而坐的乘客也有人回头凝望。我一边想自己反正看不见，一边还是偷偷看了一眼。果然还是看不见。但是那个醉汉还是在不停地说着“真美，真美”。忽然间我想，周围的乘客是不是真的看到那个月亮了？然后我仿佛感到追逐月亮的人们视线似乎并未朝向同一个方向。如果那个醉汉也只是在看空中唯有他自己才能看到的月亮呢？想到这里，我不禁打了一个寒战。

在住处的楼下，有个小女孩在自己一个人玩。她的眼睛青肿，手臂有割伤的痕迹，身上穿着脏兮兮的黄衬衫和红短裙，在向某个看不见的人说话。她的塑料凉鞋有点小，卡住了大脚趾。手指甲缝里满是泥，手上抱着一只小猫。小猫瘦骨嶙峋，毛发脏乱，像是只野猫。她抱猫的姿势让人看上去都替猫觉得难受，但那只猫似乎太羸弱了，垂下两条前腿，一副听天由命的模样。

这个女孩名叫爱美，经常受父母的虐待，有几次甚至惊动了救护车和警车，这一带无人不知。可是因为没有地方收留，她到现在还只能同酗酒的父亲和嗜赌的母亲住在一起。看着她边拼命地说着什么，边举着像是吃儿童餐送的玩具飞机来回奔跑，我不禁想起自己孩提时代，在外面疯玩到不得不回家时候的自由。当然，我看不到那个应该正在和爱美一起玩的“透明人”。

她把飞机用力扔出去，可是飞机马上就头朝下掉了下来，但她还是一次又一次地扔，想让飞机飞起来。

“轻点扔扔看。”我边说边走过去。

“轻点？”

她重复了一声，随后用一个很不错的姿势扔出飞机，可结果还是一样。飞机画了一条半圆形的曲线，又戳到了地上。

“叔叔你来试。”

我接过她递给我的飞机，试着一扔，飞机飞了一小会儿，但风一吹就掉了。廉价的玩具大概只能这样吧，平衡性不好。

“这个飞不起来啊。”我说。她点点头。

“不行，这个飞不起来呀。”

她重复了一遍，像是说给自己听一样。

“是啊，飞不起来呀。”

我这么一说，她的眼睛里落下大颗的泪珠。记得之前她被担架抬上救护车的时候，哪怕手臂上还有菜刀的伤口都没哭。为什么会为这种事情哭呢？

“为什么哭呀？”

“因为，飞不起来，飞机。”

我忽然想起跳远选手借助逆风可以跳很远的事，于是说：

“对了，迎风扔出去就会飞的。”

听我一说，她一脸认真地举起飞机，等着起风。虽然有冷冷的夜风，但是好半天都没有强风。而她就一直盯着前面，努力感觉风向。

“风啊，风来了。叔叔，风！”

“就是现在！”

她用全力将飞机迎着风扔出去。飞机迎着风，滑翔般地飞了一会儿。

“飞了，飞了！”

爱美喜笑颜开，毫不厌倦地一次又一次迎风扔出廉价的飞机。真是非常孤独的游戏。

“谢谢叔叔。这个给你。”

我还没回过神，她就把一起玩的小野猫放在我的包上跑掉了。我来不及说话，也来不及追。

回到房间，我去浴室给小猫洗了个澡。它瘦得连肋骨都一根根清楚地凸显出来。在盘子里倒了些牛奶，它一转眼就喝得干干净净，然后终于喵喵地叫起来。那细弱的声音不知是在说还想喝，还是在强调不喝的话自己就要死了。我去公园装了一脸盆的沙子回来，小猫一溜烟跑过去撒尿。我终于得到休息，一边喝啤酒、逗猫，一边看右手的月亮。不知怎么，今天的月亮散发着蓝白色的光。它的形状没有变化，唯有颜色从红到蓝、从蓝到白，每天都在一点点地变化。在各种颜色中，带有蓝色的月亮我觉得最美。这只有在白到极致的时候才会出现，从纯粹的白色中透出清澈的蓝色。看着这时候的月亮，甚至会感到自己正在一点点渗透进去，直到消失不见。我想在自然界，除了月亮，其他物体都没有这种蓝色吧。在均衡中容纳了复杂多变的光芒，这是混合了七种颜色的不纯日光无法比拟的。膝头的猫也一直盯着月亮的方向，但是我没办法问它是不是也能看到。杂种猫啊——朦胧间我想到，人类这种生物是看重纯粹性的吗？纯种的猫价格很高，希特勒也推崇纯种的雅利安人。就连希特勒的对手英国首相丘吉尔，也自诩为纯种的斗牛犬。这是人类可怕的本能吗？

第二天的午休时间，我坐在屋顶阳台的长椅上看女社员们打排球，忽然想到一件事，几乎无意识地冒出一句：

“都说地球很美，可地球的美是混合各种有机物的杂种美，而月球的美却是纯粹的无机之美啊。”

“喂，你没事吧？”

河合的反应让我第一次感觉我需要自我克制了。

老人像平时一样在公园的喷泉周围转圈，那个跟在后面的女人今天也不在。老人有时会停下来盯着水池，然后又垂头绕圈走，倒也没有掉进去的危险。他偶尔也会突然停下，像想起什么似的，探头去看看不喷水的水池，仅此而已。浑浊的黑色水面没有一丝光泽。老人迎着微暖的风，一边点名一边行走的模样，让我仿佛感受到他带领的无数俘虏的气息，不禁毛骨悚然。

“口渴的时候连旁边人的尿都喝。”

我想起以前不知道是对人说的还是听人说的这句话。老人回头正在狠狠骂那些“俘虏”。他下个命令、走上几步，然后再下个命令、再走几步。我避开老人的视线，站在稍远一些的地方。这个老人大概从战争结束之后就一直在心里带领了无数俘虏。

这样说来，其实我也常常做梦梦见自己回到了学生时代，那时只有星期六休息，学分修不满毕业都成问题。严重的时候一个晚上好几次都会因为同样的梦惊醒。做噩梦的时间加起来远比当年偷懒不去上课的时间多。早知如此，当年就该好好上课，我常常因此悔不当初。而这位老人的彷徨，虽然程度大约有所区别，不过也是类似的情况吧?

那些俘虏到底给老人造成了怎样的心理创伤，我无从知晓。不过到了今天，那些创伤想必浮上了意识的表面，控制了这个老人。拄着拐杖、交替踏出左右腿的老人不是在带领俘虏，而是被无数俘虏强行推向前方的。就在这时，老人看到我，说了一声：“长官，再不出发……就要迟到了。”随即敬了个礼，不动了。老人带的俘虏是什么人？为什么行军?

“这些俘虏是什么人？”

“是间谍。”

我在书里读到过，战争期间，常常会把反抗分子以间谍的名义逮捕乃至处死。忽然间我想到，如果把这些成为沉重负担的俘虏就此解放，老人的彷徨说不定也会中止吧？既然我被认作长官，那我说的话，老人大概会听。我带着轻松的心情，在他耳边说：

“解放这些俘虏如何？”

“这就要处死了吗？”

老人吃惊地问。我也吃了一惊。

“为什么行军？要去哪里？”

问了也没回答。老人又开始走了。不知是从哪里开始走的，也不知要走到哪里去。或许并不是要走到哪里，而只是一场没有终点的行军罢了。我正在胡思乱想，老人突然说：“请下马。”

似乎我这个“长官”正威风凛凛地骑在马上。老人又小声下令点名，嘴里嘟嘟囔囔地走开，一直走到公园的漆黑角落，擦过树叶的沙沙声听起来像是人类的交谈。老人好几次回头怒吼“不要聊天”，后来不知是不是走累了，停住脚。

突然，老人仿佛哀号般地发出一声尖锐的“哇！”，表情就那样僵住了。之前威风凛凛的行军模样无影无踪，他抓住长椅，眼睛瞪得老大，像是十分害怕。

“你在怕什么？”

我这么一问，老人用微微颤抖的手指指向我的右手。

“有月亮。”

之前明明淡然以对，这次却这么害怕。虽说害怕大概才是正常的反应，但看他怕得都要躲到椅子后面去的模样，我也不禁对自己的右手感到害怕起来。

就在这时，那个跟随老人的女子推着轮椅过来了，嘴里不断地说“又给您添麻烦了，真是对不起。一不小心就跑出来了”。然后，她轻轻敲了敲老人的头。老人正在兴奋地叫着：“有月亮……有月亮啊！月亮！”

“哪里有月亮啊？总说这种胡话，要把你送上军事法庭的哟。”女子训斥道。

早上醒来，我才意识到今天是休息日。以前从来没有像这样子彻底忘记过休息日，不过也有一种冲动，感觉正因为是休息日才更需要做些什么。受这种冲动驱使，我漫无目的地出门逛街。凭借“说不定好运[1]正在自己身上”的念头，去买了多年未买的马票，结果都没中。通常来说靠直觉多少也会有点意料之外的收获，不过所有的比赛连边都没擦到，这也真是罕见。话说回来，胜负明明是受概率左右，不是人类的意志可以改变的，为什么人类偏偏对赌博如此热衷呢？为概率而感动的人类，就算骰子数目是奇数也会感动吧。原本无法以意志左右的事物，偶然表现出按意志行动的刹那，会令人产生一种以为自己近乎神的错觉吗？有些人将人视为贤明的存在而入世，有些人将人视为愚蠢的存在而出世。在这出入世途中，会散落出未知的东西，据说能搜集到这些东西的人就可以变得伟大。身在此处、手中拿着中奖马券而狂喜的人，也许就是正在拼命搜集那些东西的人吧。

在漫无目的地闲逛中，我发现了一块“月亮专门店 Moon Work”的招牌。走进店里，宽敞的店内到处都是各种形状的月亮。一个双臂刺有新月刺青的健壮男子走过来。

“欢迎光临。”和外表不相称的是，男子的声音有点娘娘腔。

“这里是卖什么的？”

---

1 日语中的“好运”和“月亮”发音相同，“我”因为月亮在自己身上，便联想到好运也在自己身上。

“我们这里只卖和月亮相关的物品。”

我在店内漫步，那名男子也跟在后面。

“月光与具有攻击性的、会刺激交感神经的阳光不同，它可以诱发大脑的阿尔法波，让人放松。所以，置身在月光下，同时欣赏与月光波长相同音阶的音乐，也是一种心理疗法。许多客人都交口称赞。”

男子介绍得很专业。

“月亮上的正圆形环形山非常美。这件模型就是强调环形山的，非常受欢迎。这一件是土耳其产的，把月影部分以艺术风格重新设计，很能激发想象力，最近也很受欢迎。兔子捣年糕的图案在日本非常普遍，其实其他如印度、中国乃至中美洲地区也都把月亮想象成兔子。这些兔子形状的玻璃制品基本都是中国产的，所以很便宜。冲绳有汲水人的图案，北欧和北美也是这么想象月亮的。这支金属水笔是美国著名雕刻家的作品。印度尼西亚和波利尼西亚一带有织布女的图案，那幅图就是印度尼西亚著名画家的作品，这位画家今年刚去世，作品很可能升值。另外青蛙的图案在世界上也很普遍，也有一些地方会把月亮比作读书的女人，这个丹麦产的月亮就表现了这一点。不过，如果是头一回买，我想最合适的还是这件忠于原物的中国台湾产的月亮模型，不锈钢质地，稍微调整光照的角度，就会有丰富的变化，和一般的装饰品大不相同，放一件在房间里，会有整个宇宙的感觉。”

我一边听他介绍，一边在各个货品间漫步。全是表现月亮的物件，从不用放大镜就看不清的小东西，到足有我身高那么高的东西，的确是琳琅满目。也有3月龄或26月龄的精巧弯月模型，让人不禁奇怪到底谁会买这样的东西。正在搞特价的是带有地形介绍的月球仪，除了各个海的名字，还把环形山的名字都一个个写在上面。哥白尼、开普勒、傅立叶、高斯、富兰克林、赫拉克勒斯、亚历山大、亚里士多德、孟德尔、伽罗瓦、科赫、诺贝尔、孔子……也有木村、平山之类的日本人名字，混在这些耳熟能详的名字当中。

“我个人比较喜欢斯蒂维纽环形山和开普勒环形山。”

男子指着中央呈放射线形状展开的两座环形山说。不知怎么地，我越发觉得这人像是月亮的狂热粉丝了。

“就像人们常说的那样，月亮有种无机的美，所以我想金属制的物品最为适合。请看那个模型。那是为纪念‘阿波罗11号’登陆月球而制作的，遗憾的是它不是初版，不过作品本身的完成度很高，黄铜的含量高，所以这个版本的光泽度和质感要高好几个档次。对面那个还附送太阳模型。月球的大小是地球的四分之一左右，当然比太阳要小很多很多。不过大概出于偶然，从地球上看，太阳和月亮的大小差不多。”

我拦住越说越兴奋的男子问：“您为什么对月亮这么热心？”

“我本来就是天文爱好者，喜欢搜集各种物品，都快把房间堆满了。生活在月亮包围的空间里，我很快乐。”

但是我想，如果月亮真的粘在身上甩都甩不开，就说不出这样的话了吧。

因为同事生病，我又做起很久没做的外出拜访客户的工作。走得累了，我进了一家电影院。电影讲了一个人们从坍塌的高速公路残骸中逃脱的故事。由于主角超绝的智慧，许多人得以获救。故事很老套，不过还是有一种自己成为正义的主角的感觉。黑暗中看着在自己手上发光的月亮，我不知不觉睡着了。

不知什么时候电影结束了。我来到外面，挤进已经满员的电梯，下降的电梯在半路停了下来，显示楼层的数字也不再变化。大家都很焦虑，拨打紧急电话。大楼的管理事务所接听了电话，说正在调查原因，让我们稍等。大概是刚看过这种电影，教育效果显著，电梯里面并没有混乱。过了半晌，电话又响起来，说是马达可能烧坏了，不过大家还是没有恐慌。刚刚电影里的主人公说过，惊慌失措也于事无补，还是冷静思考更有可能摆脱困境。大部分人都相信自己会获救，一个个满怀信心。有人提出方案，打开顶上的通风口盖板，沿钢绳爬上去。大家齐心合力把他从下面推上去，并想办法打开通风口。与此同时，声称自己以前参加过童子军的老人把几个人的衬衫用特殊的打结方法做成一条不容易散开的结实长绳。恰好在手提包里放了剃毛刀的年轻女子自称是设计师，把橡胶鞋底割开几条小槽，弄成容易顺墙爬上去的鞋子。有人也说出了电影里主人公在某些时候不断高喊的台词“一起动手，什么都能做到”。自始至终大家都在冷静作业。进展得很顺利，眼看那个人就要把绳子拴到钢绳上时，不知道是不是像管理员说的那样马达彻底完蛋了，电梯开始自由下落。包括紧紧抓着天花板的我在内，大家就像是从楼顶跳下来一样，在狭小的箱体中享受了差不多三秒钟的失重状态。然后尽管有过那么沉着冷静的努力，依然有一半人像酷暑中可怜的青蛙一样在地上摔成了烂泥。我幸运地掉在死人身上，得以生还。

猛然睁开眼睛，电影还在继续。满身肌肉的主人公抱着女性在浑浊的河流中游泳。我右手上美丽的满月依然散发着光芒。

我坐在桌子前面，仅仅为了驱散睡意而工作。半径 1738 千米，表面温度 130 摄氏度到零下 150 摄氏度，距离地球 384 400 千米……我边在头脑中重复刚才在本子上记下的或许多少有些出入的月球数字，边销毁 30 年前不知道谁写的数量巨大的文件。30 年后，自己写的这些文件也会消失得无影无踪。在默诵缺乏现实感的数字时，不知为何我有一种毫无来由的焦躁感，觉得自己也会像 45 岁死去的父亲一样，因肝硬化而死亡。

我在公寓前看到了额头流血的爱美。不知道是不是又被父母打了，她身上有瘀青和被殴打的伤痕。我凑过去小声说了一句："女孩子会留疤啊。"不知是不是被听到了，她说话的口气仿佛在说别人的事。

"上了天堂就没了。"

"这伤是怎么来的？"

她没有回答我的问题，也没有哭，大概不痛。不哭不闹，一直眺望远方的身影，对一个孩子来说有点奇怪。

“摔的。”

她终于说了一声，眼神很可怕，像在瞪我似的。

“真的？不是爱美的爸爸妈妈打的？”

“爱美是谁？”

“你不是爱美吗？”

“我不是爱美哦，我是玛丽。”

“玛丽？你叫爱美吧？”

她为什么管自己叫玛丽？我不明白，有点混乱。

我带她去附近的医院消毒。就算碰到了伤口她也没有说过一次“痛”。那恐怕是连大人都忍不住的疼痛，对这么大的孩子来说非常不容易。处理结束之后，医生责备地问：“这孩子身上怎么全是瘀青？”

我忙说：“啊，这个，我是住在她附近的邻居。爱美经常被她父母打骂，有几次都叫救护车了。”

刚一说完我就觉得说错话了。

“爱美？不是玛丽吗？”

“嗯，她从刚才就一直说自己叫玛丽，但应该是叫爱美没错。”

“是吗……这是 Battered Child 啊，就是受虐儿童。受到父母的虐待，遭到过重的体罚。其实说体罚都不对。一般人看来并不算是过错的事情，比如尿床什么的，就会被抽耳光、打屁股，更残酷的还会被父母杀掉。这种父母已经近似精神病了。所以要早点处理，把孩子带走，不能拖。”

“嗯，可是据说没地方接收。”

“果然有麻烦啊。这样的话，孩子因为没人保护自己，只能分裂自己的人格，创造出旁观受虐的另一个自我。严重的时候就会发展出双重人格。而孩子因为大脑尚未成熟，更容易人格分裂。这孩子大概也是出于这个原因才叫自己玛丽。按她的年纪来说，体形太小了，又很瘦，很可能连饭都吃不饱。哎，怎么办哪……不管怎么说，必须联系福利部门……要不要联系警察，我想福利部门会考虑的。你虽然不是直接关系人，不过到底牵涉到了，请留个联系方式吧，好吗？好吧？”

医生反复叮嘱我，又问了我的名字和住址。我本来想都留假的，不过最后还是留了真的手机号，只是名字编了个假的，不上不下的。

回去的路上我试着问爱美：“爸爸和妈妈你更喜欢哪个呀？”

爱美稍微想了想，这么回答：“妈妈。”

她哐哐地走上薄铁皮楼梯，自己打开门。我躲在拐角看，只见年轻的母亲走出来，扯下她脸上的纱布。脸颊被打的声音一直传到我藏身的地方。爱美真的一点也不哭，就像是发生在别人身上，随后被吸进门里消失了。她还是做玛丽比较好，我望向右手的月亮想。

回到房间，小猫凑到脚边，大约是肚子饿了，难得地和我撒娇。回想起来早上出门的时候没有看猫食盆，大概是饿了一天了。我打算开个猫粮罐头，结果反而割伤了自己的食指。就在这时，不知怎么地，觉得这只小猫拿软绵绵的毛在我裤子腿上蹭来蹭去的动作中有种卑微感。这只小兽只是为了食物才讨好我的。我把稍微开了一条缝的罐头放在小猫面前。不知道是不是闻到了气味，它将薄薄的舌头从缝里探进去，但是够不到猫粮。它用前爪灵巧地按住罐头，想要打开的时候，罐头翻了，那副模样十分滑稽，我不禁笑出声来。罐头的切口划开了它的舌头，渗出血迹。猛然间我觉得自己无比残忍。

我开了一罐啤酒，把电视切换到 AV 输入，接上任天堂的红白机，按下电源开关，已经看过上百次的画面再度出现。神经集中到握着手柄、按着按钮的手上。开心的时间飞逝而过，什么也没有留下。在漫无目的地滴溜旋转的时间中，我正实实在在地消费自己的人生，就像仅仅为了买而买、买回来就扔进壁橱的无数物件一样。即使如此，我还是在认真地浪费着时间。终于，在手柄上来回浮现的右手的月光中，醉意变成了睡意。

我打算乘最后一班飞机。机场空荡荡的，候机厅里没什么旅客。登机的时间到了，我穿过搭乘通道，坐上 5C 的座位。空姐不时拿杂志和糖过来，不久飞机终于起飞了。飞机升上天空，我沉入浅浅的睡眠，感觉在睡眠的浅滩彷徨了许久。我想着“啊，我在做梦啊”，忽然，在引擎单调的噪声中，我意识到机长似乎在说什么。我本以为就是报告现在的飞行高度、目的地的气温和天气如何之类常规的信息，但似乎不是。仔细听去，说是弄错了航线，现在来到了太平洋中心，燃料不够回去，要在海上迫降。我不禁大吃一惊，解开安全带去问空姐，却只得到冷淡的“飞行员正在努力处理”的答复。其他旅客居然没有抗议，让我感觉非常不可思议。找了七八个人说这事情，不知什么缘故，全是不知道发生了什么事情的孩子，以及一副听天由命模样的老人。还有僧人、尼姑之类的主动搭话，带着奇异的冷静说什么“恐慌也无济于事”。话是说得不错，我暂且返回座位。就算是紧急迫降，只要在救生艇上漂流，还是会获救的。这么一想，我也冷静了下来。但是过了一会儿，一脸惊恐的空姐跑来向乘客求助。对话不得要领，总之我和周围几个人一起进入驾驶舱一看，只见两个飞行员满身鲜血倒在地上。年轻的那个胸口被刺，鲜血喷涌，看来已经没救了；年长的那个正拿刀刺自己的胸口，到处都是血，大概也已经没救了。看上去是机长刺杀了副机长，然后自杀了。刚才的空姐突然大哭起来，说都是自己的错才导致事情演变成这个样子，同机的空姐连声安慰。好像是三角关系发展到最后的殉情，太荒诞了。年长的空姐说飞机大概切换到自动驾驶了，问题是在这儿的这么多人里面没人会开飞机。空姐从飞行员身边的航空柜里拽出厚厚的书，说这本英语写的书就是操作手册。围过来的乘客纷纷从狭窄的驾驶室出去，都以可怕的认真态度阅读这本书。仔细想来，很久都没有这么拼命读书了，说不定是头一回。混乱的大脑在想也许这其实是梦，真正的自己是在某个别的世界，随后努力尝试用梦的统一性说法进行解释，想到某处应该有和地面通信的装置。就在这时，云层间显出黄色的满月。

电话铃声响起，猛然回过神，只见电视画面上鲜红的“Game Over”正在不停地闪烁。我从梦中醒来，刹那间不禁怀疑自己是不是真的连续存在着。自己不会是从平行世界来的，真正的自己不会已经坠机了吧？这段时间总是会做无比真实的梦，也许不是因为安眠药，而是月亮的缘故。

要去接电话的时候，不小心挂断了，然后电话再也没打来。

深夜已经接近黎明。在公园里，我找到了坐在池边轮椅上发呆的老人。一看到我，他就露出亲切的笑容，望向自己裹着绷带的手臂，嘟囔道：“我的胳膊烂了吧？”

“没事吧。”我这么说。

但也只是说说而已，总觉得没什么现实感。即使如此，老人还是低声说着“啊，是吧”，像是被说服了。带着微醉，我把右手放到老人的脸前说：“看，有月亮哟。”

但是没有任何反应。他开始指挥某个人拿东西，似乎那人没有拿好，老人一个劲地骂，随后又忽然要站起来。轮椅差点失去平衡，我正要赶上去扶，老人喝了一声“地雷”。我吓了一跳。

老人一脸痛苦地拼命要站起来，像是无论如何都要绕着水池继续行军。他叫喊着，有一半像在对自己说：“死了都要给我走！”

冰冷的夜风吹过。老人紧盯着水池表面，不停地笑着。我猜他看的东西大概也和我的月亮一样。忽然间我想问问这水池里有什么。

“这里有什么？”

老人似乎很吃惊地看了我一眼，指指水池周围的混凝土，低声说：“骨头啊。”又指指水池，笑着说：“血啊。”

我不自觉地仿佛看到一派可怕的景象，无数碎骨包围的水池里满满一池黑血。

“血是从哪儿来的？”

我感觉自己的死迫在眉睫。

“俘虏的血啊！”

老人用嘶哑的声音低语，视线落在黑色浑浊的池水上。

不知从哪里传来飞机的声音。我想摆脱这种恍惚的焦躁，去看右手，却发现不知何时，在逐渐崩溃的黑暗中，月亮逐渐融化在朝阳细碎的微粒里。

D.摩尔事件

以下记载的内容是基于与休斯敦的精神科医生道格拉斯·博伊德和律师约翰·麦康基的约定，在博伊德死后首次公开的。其中的一部分内容与 2001 年 12 月 3 日《休斯敦通讯》刊登的缩略版重复，但那篇报道由于记者理解不足而有些含混不清，本文也想对其做一个澄清。

D. 摩尔事件，之所以被称为事件，是因为这个起初具有强烈超自然色彩的事情，随着事态日益明朗，其背后隐藏的违法行为也逐渐浮出水面。只因嫌犯已经死亡，该事件才没有被起诉。但正如终章所示，从那之后，该事件又有了新的发展。

我之所以能够整理诸多已经明确的事实，是因为本人在得克萨斯大学癌症中心就任时，有机会听闻与案件有关的技术人员讲述该事件。此外，非常幸运的是，本人与当事者之一的约翰熟识。作为医学研究者，我相信自身的理解要超出至今为止所有的报道。但坦白地说，能否认为一切的来龙去脉都已厘清，我也没有这个自信。关于这一点，我也坦率地期待各位读者的指正。

我将分三章叙述整个事件，第一章讲述从事件发生到找到解谜线索为止的概要；第二章讲述博伊德医生与约翰解谜的经过；第三章讲述我在采访中探明的事实。不过三个章节的讲述在时间上也许会有一些前后错位，请各位阅读时在头脑中稍做修正。

1

虽然我自己没有亲身接触过，但从古至今世界上有许多声称自己看到火球的证言。其中固然有许多是灵异故事，但在物理学的最新研究中，也有理论将之视为现实中存在的等离子体现象。据说在晚上或者空气不流动的地方很容易发生这种现象，大概因为这样，才容易和灵异事件联系在一起。

不过据我所知，20 世纪 90 年代，除了休斯敦的事件，并没有集中于某个时期或者某个地域的火球多发现象。而针对休斯敦事件的调查发现，这一时期目击到火球的人当中甚至包括了大学教授和医生。而且后来随着事件发展，几乎成了骚动。

事件从一名家庭妇女到得克萨斯医疗中心的医院就诊开始。休斯敦是全美第三大都市[1]，也是著名的高科技城市，以约翰逊航天中心而闻名，同时也可以说是全美首屈一指的医疗都市。

1 休斯敦是美国第四大都市，此处为作者笔误。——编者注在它的医疗区中，集中了以得克萨斯大学、贝勒医学院附属医院等为首的医院群。得克萨斯州的患者自不必说，世界各地的患者也纷纷来此就诊。这里曾经有过研发人工心脏的国家项目，其预算投入与阿波罗计划的规模相同。

就在这里，一位名叫卡琳·麦康基的47岁女性在丈夫的陪伴下拜访了霍尔库姆精神病院的道格拉斯·博伊德医生，讲述了自己“看到火球”的经历。

卡琳是住在加尔维斯顿的家庭妇女，除了没有孩子和看上去比实际年龄小，是个很普通的女性，也没有得过大病。来看精神科这种事情，恐怕对于她本人也是晴天霹雳。

卡琳首次看到火球是在五月的某个下午。准确时间记不得了，总之是在喝过下午茶之后，2点到3点。

她告诉医生：“明亮的火球慢慢飞来，从开着的阳台门进入房间，慢慢地在房间里转，在地板上还会弹起来。”

她那时候相当惊讶，跑去邻居家求助。但当她由邻居陪伴返回家中时，却没发现任何异常。

既然在下午的阳光中明亮闪烁，火球的光线应该是相当明亮的。实际上，似乎不止卡琳一个人看到了那个火球。据说她的爱犬也在追火球，然后吃掉了（但在狗身上没有观察到任何异常）。

博伊德医生问她会不会是错觉，卡琳回答了火球的三个特征：在空中慢悠悠飘浮，像是在逗狗玩，突然消失不见。这些和她小时候听祖母反复说起的火球特征一致。

她曾经和丈夫说过这件事，但一开始也被当成是错觉，没有理会。然而第二天卡琳又遇到同样的情况，这一次火球是从后院的门缝间钻进来，在房间里转了将近三十分钟，然后又滴溜溜旋转着从门缝里出去了。卡琳再次向邻居求助，偏偏邻居不在，她就给正在上班的约翰打了电话。

约翰赶回家大约用了三十分钟，火球已经消失不见了。后来同样的情况又出现了三次，由于卡琳描述得非常认真，约翰决定带她去看医生。

然而接诊的家庭医生安吉拉·切尔也对这个至今从未见过的情况束手无策，便介绍了休斯敦的专家。之所以介绍精神科，肯定是因为切尔医生也将心理作用当作一个可能的考虑吧。

博伊德医生姑且在病历上写了一个“幻视”的病名。

幻视是精神分裂症的特有症状，不过按照博伊德医生的第一印象，卡琳不像是患有精神分裂症这类严重精神病的样子。博伊德医生经过思考写在病历上的鉴别诊断认为，卡琳的表现更接近于偏头痛的预兆，或者是癫痫之类的内科疾病。

某种偏头痛会在头痛之前出现被称为“Aura”的先兆，在视野尽处会看到光。不过因为卡琳并没有说自己头痛，所以这第一种可能性一开始就被否定了。

另一种可能是癫痫。某种癫痫发作的时候会丧失记忆，为了填埋这段时间的记忆，大脑会编造出新的记忆。这是现实中有可能发生的。它和撒谎不同，患者会将自己创造出的记忆当作真实发生过的事。

有些看法甚至认为许多灵异现象的经历者只是经历了癫痫发作而已。当时给卡琳做的脑波检查没有发现异常，但这并不能证明过去未曾发生过癫痫。倒不如说，这样的检查有很多东西是查不出来的。

无论如何，约翰和卡琳都接受了医生的说法，同意暂且观察一段时间。由于服药有可能影响症状，所以除了安眠药，别的什么也没开。

但在就诊之后，卡琳还是继续看到火球。两周后的复诊，病历上留下了她目击到 62 次火球的记录。最多的时候一天能看到 10 次，有时候丈夫在家的时候她也会看到。但是喊丈夫和邻居来看，那火球就像是知道自己被发现了一样，立刻就不见了。火球总是出其不意地出现和消失。

比如晚餐后收拾餐具的时候，卡琳忽然就看见火球在眼前慢悠悠地飘过，可是刚一喊约翰，它刹那间就消失了。

卡琳每次都在自己能回想起来的范围内尽可能留下详细记录。最恐怖的是只有自己才能看到。火球倏忽来去，纠缠不休，她描述它“简直像是有自己的意志”。

卡琳开始相信自己真的患上了精神病。她描述的次数如此之多，就连博伊德医生也不得不劝她住院以便检查。

住院是为了获取长时间连续的脑波。这需要耗费整整一天的检查，无论对患者还是主管护士，都很考验耐心。不过如果在看到火球的瞬间能发现脑波的异常，也就能够确诊了。甚至可以说，这是唯一的确诊方法。

卡琳住进了休斯敦卫理公会医院的单人病房。她的头上装了电极，睡眠时也有护士在床旁监护仪上观察状态，如果发现异常立刻就会在记录纸上留下脑波波形。然后整整一天，在护士的监视下，卡琳一次都没看到火球。在她做梦的时候，有时脑波的振幅比正常人稍大一些，但并未观察到明确的脑波异常。

卡琳在博伊德医生的建议下又多住了一天，结果还是一样。虽然没能成功确诊，不过两天当中一次都没看到火球，卡琳不禁也开始认为自己看到的火球是错觉，于是满怀期待地出院。“也许是治愈了”，乐观情绪从博伊德医生写在出院小结上的这句话中也能窥见一二。

一周后再次复诊时，卡琳并没有以活力十足的身影前来就诊。预约时间过了差不多三个小时，丈夫约翰打来了电话。出差回来的约翰到卧室看时，卡琳已经气绝身亡了。她把博伊德医生为了防止失眠而开的安眠药一口气全吃了下去。

约翰是被卡琳劝去出差的。卡琳的状态本来已经好转，但就在约翰出差的一周中，她的症状急剧恶化。约翰拿给博伊德医生的卡琳的日记中记载了她在这段时间里一共看到256次火球的事实，而且次数与日俱增。大约她是被幻觉逼得选择了死亡。

卡琳的自杀属于异常死亡。为了弄清原因，法医进行了尸检和司法解剖。博伊德为了确定自己的诊断，申请参加解剖，得到了法医的许可。解剖在约翰的许可下进行，卡琳的身体被从头到脚切开检查，包括头骨内部，都进行了组织检查。在检查中发现了一个令人惊愕的事实：卡琳正身患胰腺癌。

一般而言，在胰腺癌中，就算是1厘米以下的极小肿瘤，也很可能迅速转移，所以恶性程度很高，从确诊到死亡的平均生存时间相当短，基本不会超过一年。虽然卡琳的肿瘤很小，尚未出现自觉症状，但已经能在肝脏上辨认出星星点点的转移瘤，可以推测她的余生已经所剩无几了。

解剖时医生仔细检查了卡琳的大脑组织，因为怀疑胰腺癌向脑部的转移是产生错觉的原因。但在细细的切片中并未发现癌细胞，另外也没有发现大脑的脑组织和硬膜粘连这种典型的癫痫器质性病变现象。

通常，癫痫并不会造成大脑的器质性病变，所以不能以此否定癫痫的存在。胰腺癌对卡琳的精神产生影响的可能性虽然低，但也是存在的。不过也没有发现明显的体液电解质异常。

最终的解剖结果认定死因是服用安眠药引发的呼吸不全，而癫痫是幻觉最可能的原因，但很难做进一步的探究。在对包括死者家属约翰在内的所有相关人员做了以上说明之后，调查到此为止。

然而半年之后，博伊德医生在一个意想不到的情况下重新想起了这个病例。

有一位男性患者受火球幻觉困扰，负责治疗的内科医生从护士那里听说曾经有类似的病例住院，便和博伊德医生取得了联系。

介绍给博伊德医生的患者艾伦·施罗伊特，时年53岁，患有肝功能障碍，是个无法摆脱酗酒恶习的计时工人。他的火球幻觉大约从一年前开始，当时主治医生诊断为酒精中毒或者肝性脑病导致的幻觉，只要戒酒就会痊愈，本人对此也认可。

然而酒精中毒的典型幻觉是看到蚂蚁等小动物，并且会在喝酒之后消失，因此喝酒时出现幻觉总有些奇怪。另外检查结果也没有显示血液中氨含量偏高，基本可以排除肝性脑病的可能。这些问题点后来被博伊德医生指出，主治医生也承认当时没有深入探讨。

艾伦第一次看到火球是在下雨天。那天他也是一大早就开始喝酒。艾伦看到自己手上有个蓝白色的火球，但是并不发热。他吃惊地挥挥手，那火球立刻就消失了。后来火球反复出现，但不知为什么总是在下雨天。淅淅沥沥的日子里，空中会突然起火，随即又立刻消失，再过一会儿，又起火、又消失，反复多次。

后来慢慢发展成火球在晴天也出现，盘旋时间也逐渐变长，但要去伸手抓它的时候总会溜掉。艾伦描述说火球“像是活的一样”。

博伊德医生再次怀疑艾伦的情况可能是癫痫发作。然而和卡琳那时一样，他给艾伦做了多次脑波检查，依旧没有查到异常。另外虽然乍看上去并不相似，但艾伦和卡琳见到的火球确实有几个共同点：都在没有其他人的时候出现，而且出现的次数逐渐增加。

在博伊德医生和内科医生共同检查的日子里，艾伦的肝硬化逐渐向肝癌的方向发展。在初诊的半年后，他因为肝功能不全而病故。

尽管在癌症晚期，艾伦出现了明显的意识障碍，导致难以弄清火球幻觉的具体情况，但在看护记录上留有他时常做噩梦的文字记录。

艾伦死后不久，博伊德医生给休斯敦的医生们寄出调查信，调查具有火球幻觉症状的病例。博伊德医生没有把调查范围限定在精神科，而是将全科都列为对象。

回信的不足四成，但过去加现在仍在住院的类似病例也有136例。所有病历都没有得出明确的诊断结论，基本上都被当作精神作用或者假装患病处理，并没有进一步的检查，也没有加以治疗。

根据博伊德医生的调查，这些患者中约半数确实很难说是明确的幻觉，与艾伦和卡琳的情况有明显的区别，但剩下的差不多都是类似的病例。令人吃惊的是，所有病例都没有超过半年：要么当前正在接受治疗，要么是因为不明原因而死亡。这意味着初诊后半年内的死亡率为100%。在这期间，博伊德医生为了进行对比，订购了公共卫生局以全美为对象实施的幻觉调查报告。报告书中并没有显示火球幻觉特别多。

博伊德医生最大的疑问是患者们的认知。精神分裂症的患者，典型的主诉之一是“有电波进入大脑”。只要听到“电波”这个词，基本上就可以确诊。这是特异性的主诉。因为患者们不可能知道其他患者的主诉，他们都是独立感觉到“电波”的。

与此相同，火球幻觉应该也是那些患者确确实实在现实中感觉到了火球吧。但要明确掌握患者的认知又有很大的困难，因为认知障碍本来就是疾病的本态。哪怕是正常状态，要向他人恰如其分地描述“感觉”，都是非常困难的事。

正常人和病人原本在基础上就存在着决定性的差异，要想做进一步讨论，甚至将会不得不踏入哲学的领域。就像卡琳的例子所显示的，在明亮的午后阳光下，她是不是真的“看到了”火球，还是仅仅“感觉到”火球而已？换句话说，火球到底是视觉上的错误输入，还是大脑层面的认知障碍呢？很难做出判断。

更让博伊德医生烦恼的是，这个疾病（是否可以将之称为疾病尚不清楚）恐怕并非器质性异常，而是功能性异常。一般而言，掌握功能性异常的证据，要比器质性异常更困难。

博伊德医生开始逐一调查他认为有可能是火球病（从这时候开始他使用这个名称）的36个病例。

坦白地说，这些工作并没有报酬。他的调查只能利用周末和休息日进行，而且进展并不顺利，迫切需要协助。就在这时，出现了意想不到的协助者。向他介绍卡琳的切尔医生也收到了博伊德医生的调查信，而约翰从切尔医生那里得知博伊德医生还在关心火球病，便主动提出要协助调查。

约翰的职业是律师，因为过去有过参与医疗诉讼的经验，也有一定的医学知识。另外，在受博伊德医生的委托，与患者家人面谈调查的时候，律师这一身份也颇为有利。最重要的是，约翰是自由职业，在某种程度上可以自由调整时间。所以，调查的进展比博伊德医生一个人的时候快了好几倍。

以上所写的是从该疾病出现到开始抵达解谜入口为止的经过。接下来讲述博伊德医生和约翰是如何理解、探明这一病症的。本人认为直接转载约翰的话并稍加整理更易于理解，所以下面就采取这样的形式。

2

以下内容是基于约翰的回忆（原本是问答的形式，不过为了便于摘录，将这一形式做了修改和润色，也许还留有一些不自然的地方，请谅解）。

我协助道格拉斯着手调查妻子所患的火球病。调查工作开始之后不久，我们就成了好友，彼此以约翰和道格拉斯相称。

我本来就在休斯敦工作，又因为卡琳的死，不想在妻子反复见到火球的家里住，道格拉斯就帮我借了房子，我于是搬到医疗区的公寓去住。

如果用一句话来形容道格拉斯，我觉得他是个很有推理能力的医生。我不是很了解精神科医生这类人，不知道是不是每个人都这样，总之从某种意义上说，道格拉斯不输于侦探。

比如初诊时，他突然问我："今天在休斯敦的工作一大早就开始了吧？"我问："您怎么知道？"他说了一句"这很简单"，随后告诉我："挂号处送过来的病历上虽然写着住址是加尔维斯顿，但你们两位的鞋子都是湿的。

“我记得天气预报说加尔维斯顿是晴天，这一带只有休斯敦是雷雨，从加尔维斯顿开车到这里就2小时的距离，没必要昨天赶到休斯敦住。然后正好又看到您拿的公文包，一般来说没人到医院看病还带着公文包。再考虑到预约是在昨天临近下班的时候，我就推测您今天早上在休斯敦的工作无论如何都不能取消，所以匆匆忙忙申请了门诊。”

差不多就是这样。

道格拉斯是个好奇心很强的人。如果换成我，患者的叙述肯定没耐心听下去，但是他会凝神倾听每个细节。我妻子那时候也是。他说明的时候思路非常清晰，所以很容易获得患者的信赖。

虽说被他那种非常低沉冷静的声音欺骗的情况也不少。

总而言之，我妻子那时候虽然没能确诊，但是住院之后症状得到改善，她也很欣喜。后来也是妻子赶犹豫不决的我出差去的。所以对她为什么自杀，我一头雾水。

我和道格拉斯都一直因为没有看透我妻子的自杀企图而后悔，所以我们想要齐心协力找出害死我妻子的疾病根源。我和妻子无儿无女，相依为命活到这把年纪，一方突然离开，另一方的生活里空出这么一个大洞，也得找些事情来填补。这也仿佛是卡琳给我留了个作业，让我找出原因。

我从来不相信什么灵异现象。我认为，不管看起来多么不可思议的现象，也仅仅是因为尚未找到相应的科学解释而已。但如果说火球是等离子现象，我也觉得不合理。出现得如此频繁，而且只有特定的人才能看到，这些特点都让我从一开始就确信：它的根源是疾病。

虽然妻子已经去世，但我还是想弄清楚妻子身上到底发生了什么，这和在法庭上探明事实的工作是一致的。只是关于道格拉斯认为的癫痫，坦白地说，我从一开始就持怀疑态度，因为这和我所知的癫痫症状完全不同。

我的专业是从事医疗诉讼，为了寻找客户也会走访医院。因此，尽管不可能完全理解道格拉斯说的内容，不过大致意思是能理解的。而且调查是我的专业，哪些属于合法范围，我也可以提供建议。我想我们是很好的搭档。

道格拉斯想要知道每个病例的详细情况。医生是相当忙碌的职业，而道格拉斯寄出的调查表，发回来的回答中基本上都只记载了非常简单的信息。许多人不肯在电话里提及患者的隐私，而且很多人连电话都不接，所以无论如何都需要面谈。如果是今天，在某种程度上倒是可以利用网络和电子邮件，但当时还不行。

一亮出律师身份，医生们一般都会产生戒心，担心我是来对医疗过失进行调查取证的。不过等到拿出道格拉斯的介绍信，医生们就会反过来认为我能保护患者的隐私，也就会积极配合回答各种问题。在调查中让我惊讶的是，很多患者都和我妻子的症状类似，而且已全部死亡。说句玩笑话，病例多得简直可以作为误诊提交医疗诉讼了。

当然，火球是一个关键词，另一个关键点则是“像是活的一样”。卡琳说过它“简直像是有自己的意志”，而那个艾伦·施罗伊特也说“像是活的一样”。差不多有一半患者都对医生说过同样的话。

听医生们的话我并不明白什么叫“像活的一样”，恐怕连跟我说这些的医生们也不知道。他们都没有认真听患者的描述。不过道格拉斯觉得，所谓“像活的一样”，大概是形容火球进行细微运动的样子。

在整理所有患者资料的过程中，有个名叫米歇尔·福特的22岁女性患者引起了道格拉斯的注意。她患有白血病，出现火球的症状是在十年前，算是火球病的早期病例。

她是在治疗白血病的过程中出现火球幻觉的。由于治疗中用了很多具有精神副作用的药，所以主治医生对她出现幻觉的原因并没有深究。

在所有的火球病患者中，米歇尔是唯一一个将自己见到的景象画下来的人。我们去看了她的画，那是在无菌室中画的油画，被赠送给安徒生医院，挂在二楼的楼梯墙壁上，没有用玻璃装裱，就那么挂着。

道格拉斯这样描述那幅画：

> 那是透过阳台捕捉到的初夏风景，画了风中摇曳的树枝。画家的视线焦点在房间里。
>
> 有白墙，越过树木看到的天空是湛蓝的，云朵融化在湛蓝里。房间中心淡淡地画了一个大大的发光球体，那大概就是被她称为火球的东西。
>
> 由于画具本身的限制，火球不可能画得很绚烂，但看到它的人还是会觉得非常炫目。

那幅画并没有任何令人惊叹的地方，不过还是有些惹人注意的东西，特别是长时间凝视之后会有一种模糊的感觉。

另外，被封闭在无菌室里等待死亡的她，之所以会画一个开窗的房间，是否也映射了她的希望呢？

我和道格拉斯讨论过为什么我们对这幅画会产生一种似曾相识的感觉。直觉告诉我们，那是因为卡琳向我们描述过火球。

画上的火球比较小，但那朦胧的光线笼罩了整个房间。我禁不住想：啊，原来这就是卡琳看见的东西啊。那其实不能算是火球，但确实没有更好的词来形容那种在空中悠然飘浮的光点了。

米歇尔的白血病没能好转，最终还是病故了。病历上的看护记录说她的状况逐渐恶化，随着高烧症状的出现，她看到火球飞舞的情况也更加频繁。

道格拉斯想去亲眼看看她的病房，刚好那时候有同类病房空着，就让他去看了。道格拉斯在天花板上看到了摄像头。无菌室里没有其他人进入，一天 24 小时，她都处于观察之下。

但是，看护记录上明确记载说，在米歇尔说她自己看到火球的时候，录像上并没有拍到类似的东西。虽然如此，但道格拉斯坚持表示“监控录像的清晰度不高，没拍到不等于实际没看到”。听到这句话，我不禁感到意外，难道他真的相信火球的存在吗？

重要的是，关于这幅画，道格拉斯发现了一个她家人隐瞒的事实。我没有看出来，而道格拉斯一看就觉得画上有血腥气。他从画框上剥下一点油画的碎屑，用手指捻了捻，断言道："这是血。"听他这么一说，我也发现这画剥落得有点厉害，完全不像近些年才画的。

米歇尔一直到死都在画画。她的骨髓被白血病细胞占据，具有止血作用的血小板基本上都绝迹了。就算没有撞击，身上也是青一块、紫一块，病历里记载她身上稍微有点伤口就会流血不止。据说米歇尔把自己的血混在油画颜料里画画，不知道是不是故意的。

明白了这一点之后再去看她的画，确实可以在光亮球体衬托出的昏暗背景中感觉到某种红黑色的影子。也许没有那种黑暗的影子，就无法感觉到火球的光明吧。

据说身为虔诚基督徒的米歇尔经常会说："我身上住着无法赶走的恶魔。"她的家人直到今天都认为她不停地描画火球的目的是赶走恶魔。

道格拉斯向她的家人和医院申请，借来了这唯一一幅将火球视觉化的绘画。我觉得，如果需要这幅画的资料，拿相机拍一张就可以了，不懂他为什么非要实物。

道格拉斯一开始把画放在办公室里，不久之后又搬到自己的房间。这一步实际上成为重要发现的伏笔。因为在他带窗户的办公室里，无法在黑暗中观察这幅画。

之后道格拉斯就发现了一件奇怪的事。关掉房间的灯后，还能看到画的残影。道格拉斯对这类事情似乎很敏感，就像发现血腥气的时候一样，不知道为什么。

残影的原因，在道格拉斯用机器做了分析之后就明白了。测量仪测出的波长显示那是非常微弱的荧光。道格拉斯认为，这幅画之所以惹人注意，也许就是因为荧光，哪怕在明亮的光线中看不到它。

道格拉斯告诉我，就像数字化的CD，它去除了那些超出人类听力范围的声音信号，而令人感动的恰恰就是被去除的那部分听不到的声音。他认为画中的荧光也是同样的道理。

身在无菌室里的米歇尔自己当然无法获得荧光物质，而血液中显然也不可能含有这类物质。为了弄清颜料中荧光物质的来源，道格拉斯征得家属的同意，在油画上挑了几处削下颜料拿去分析。

委托孤星研究室的检查在大约一周后出了结果，那是个出人意料的发现。发出荧光的位置与血红蛋白附着的位置完全一致。换句话说，是米歇尔的血液在发光。

道格拉斯将样本的一部分拿去自己的研究室进行DNA检查。我也照着他的指示帮了些忙，不过我毕竟是个门外汉，不太理解到底做了什么。只不过以前在法庭上接触过为了搜集犯罪证据而进行的DNA检查，经常听到PCR这个方法，总算还记得这个名字。总之最终获得了某种DNA，再次委托孤星研究室进行分析。

研究室寄来的结果中排列着无数ATGC的字母，看上去毫无规律，但道格拉斯兴奋地开始用电脑解析。随后他告诉我发现了有趣的东西，给我看的画面上有“特定基因”几个字。

所谓特定基因，据他解释是指人为制造的基因。道格拉斯发现这是某个人制造的DNA，与发荧光的基因糅合在一起注入了米歇尔的血液。

发荧光的基因被道格拉斯称为“标签”，就是商品标价的那种标签。大概是说特定基因上附着了荧光标签的意思。

制造者为什么要弄出这样的结构，大致可以推测为：想通过是否发出荧光来判断特定基因是否进入了细胞。只要检测到荧光这个商品标签一般的标记，自然就意味着特定基因进入了细胞，非常方便。

下一个问题是，这个特定基因到底是如何工作的。道格拉斯为了弄清这一点，将特定基因注入皮肤细胞进行培养试验。培养皿中的细胞开始旺盛地增殖，也就是癌化。这与患者死于癌症的事实是一致的。

道格拉斯认为，这个特定基因的功能是令细胞自身的基因活性化，而与繁殖有关的基因高度活性化的结果就是癌变。

具有这种功能的基因一般被称为启动子，而这个特定基因似乎具有很强的活性。

对不起，道格拉斯说的内容我也不是百分之百明白，转述之后大概更难理解。总之就是说，病毒感染导致人为制造的基因进入细胞，使得细胞发出荧光，进而让沉睡的基因觉醒，引发癌变之类的异变。

无论如何，道格拉斯推测，米歇尔感染了诱发白血病的基因，而运送这个基因的病原体恐怕是病毒。问题在于是谁制造了这个基因和这种病毒。进一步的调查发现，制造该基因的人在基因银行做了登记。那是个女性的名字，叫作简·D.摩尔。

简在休斯敦大学的生物系工作。她在数年前向基因银行登记了这一基因，之后不久就死了。据说死于名为恶性淋巴瘤的淋巴癌。

简从事的也是癌症研究。用她的名字查到了好几篇论文。最开始她研究的似乎是名为EB的病毒为何可以致癌，在研究中她开发了那个特定基因。

可以推想，她是想用人工制造的病毒感染细胞，将特定基因嵌入细胞本身的DNA，但那个病毒不知什么原因发生了泄漏。

为什么简的病毒会扩散到研究室外，在恐怕她自己都因为感染了该病毒而死亡的今天，道格拉斯也无从探究原因。当时在同一研究室工作的五个人中，包括她在内，有三个人都因为癌症而亡，这也给感染假说提供了强有力的证据。

道格拉斯将调查结果报告给休斯敦大学的乔希·费德勒校长。费德勒校长立刻下令封锁研究室，进行灭菌处理，并正式委托道格拉斯进行内部调查。道格拉斯约谈了简的老板赫克特·奥普拉教授，询问当时的研究情况和目的。奥普拉教授在约谈中始终否认与简“自行”制造出的病毒有关联。的确，查看当时他所发表的论文，找不到类似方向的研究，也没有证据显示他指示简进行病毒研究。

道格拉斯得到校长的授权，开始调查研究室，找到了简保存在零下80摄氏度冷柜深处的试管，将其中的病毒液注射到老鼠体内，证实了病毒对视网膜的亲和性。之前虽然对病毒运输的DNA做过解析，但并未解析过病毒本身。

道格拉斯认为可能是侵入视网膜的病毒的荧光产生了火球。因为这种荧光并不属于视网膜的原生现象，人的大脑便将之处理为视而不见的东西，只有在某种特殊情况下才会看到它，比如一个人独处的时候、没有其他东西分散注意力的时候、处在均一光线或单调背景下的时候等。同样是住院，卡琳没有看到火球，而米歇尔却看到了，估计是后者没有护士陪伴的缘故。另外，艾伦一开始只能在雨天看到，也许是因为雨声引起了某种感觉屏蔽。

深入分析这个病毒，发现其中存在控制启动子的结构。当然，简因恶性淋巴瘤而死的事实，说明那个控制结构并没有很好地发挥作用。

无论如何，我们依然不知道简为什么要制造出这样的病毒。一连串的校内骚动被披露给媒体，整个事件的来龙去脉也被刊登在《休斯敦邮报》上。不过，为了避免大众恐慌，报道始终保持温和的语气，并没有发展成大的社会问题。

我的妻子应该是在某处感染了这种病毒。不过根据我的调查，我的妻子和简并没有直接接触，也许是透过某个中间媒介。米歇尔和艾伦的情况也是一样。但为什么当时在研究所工作的人并没有全部死亡呢？我这个问题大概问得很外行，道格拉斯解释说，病毒感染就像感冒一样，会受每个人的免疫力和体质的影响，就算外部条件完全一样，也有受感染和不受感染的情况。也许正因如此我才还活着吧。

“有些癌症也会潜伏多年慢慢发展，而且癌症本身还有很多人类尚未弄清的问题。就算感染了病毒，说不定也只是深埋在基因中的隐性感染，没有显性症状。”

然而说了这番话之后的第三年，道格拉斯自己得了恶性淋巴瘤。经过与疾病的长期斗争，他最终还是病故了。道格拉斯死前留下遗言嘱咐我继续调查，可是我没能遵守约定。坦白地说，我在给道格拉斯的棺椋献花的时候，心里非常害怕。我怕自己和这个事件接触太多，说不定也已经感染了那种病毒。

我做了多次血液抗体检查，结果都是阴性。但是据说某些部位的感染并不会产生抗体。除非把全身的细胞都检查一遍，否则没人能断言我的恐惧只是杞人忧天。我把卡琳的遗物，还有道格拉斯接触过的东西全部烧了。

我听说酒精并不能杀灭病毒，但是病毒对肥皂的抵抗力很弱。从那以后，我连超市找给我的钞票也要拿肥皂洗一洗，不然就会担心上面有病毒，不敢使用。一天要洗好几次手。从外面一回来就立刻冲澡、洗衣服。我自己都觉得我染上洁癖了。但谁又能说我头脑不正常呢？说不定现在这里就有简的病毒啊！

3

在《休斯敦邮报》报道之后不久，大众就对这个事件失去了兴趣。艾伦·施罗伊特是最后一位患者，除了博伊德医生被怀疑过，事实上之后再也没有出现新的患者。人们对事件渐渐失去了兴趣，但博伊德医生临终嘱咐约翰调查的简的动机依旧是谜团，最终只能由我继续调查。

我熟悉的大学研究所中很少有人知道简·D.摩尔这个名字。通过查找当时的名册能找到当时的技术人员德博拉·林茨实属幸运。他现在已经退休，居住在纽约。德博拉形容简是“实验的天才”。她二十岁不到的时候被免疫学研究室雇来清洗实验器具，每天耳濡目染学会了实验操作，而且兼具速度和正确性，能够以普通人十倍的速度轻松处理工作，可以毫不费力地同时进行十项甚至二十项实验。她不仅手指灵活，更有类似先天直觉一样的东西。只要读一读论文上写的方法，哪怕再短的内容、再新的技术，她也可以在一周之内重现出来。

不过，德博拉同时也认为简抱有学历上的自卑。她不是大学毕业生，而且作为科学研究者，她并不算优秀。尽管她能从老鼠尾巴上细如发丝的静脉进行注射，但很少能做出方法论上的新发现。

简身材娇小，是个美女，但私生活并不美满，不断经历结婚离婚、同居分居。以下内容转述自她的表哥亨利·D.摩尔。

简的第一个对象是比她小两岁的司机，喜欢赌博。同居了半年，生了个孩子。但是那个男孩只有900克，出生三天就死了。如果那个孩子活下来，她的人生也许会大不相同。结果男人留下巨额债务失踪了，两个人到底没有结婚。

第二个对象是小她五岁的学生。有人说那个学生就是为了尽早拿到博士学位才追求她的。获得博士学位后，达到目的的男人开始对她暴力相向。那段时间她到实验室来时脸上总是瘀青不断。最终男人找了年轻的恋人，弃她而去。

之后不到半年，她突然和一个在汉堡包店上班的、比她小三岁的男人闪电般结婚了。她向周围人炫耀丈夫温柔、会烧饭，然而那时候男人已经感染了艾滋病，不到一年就死了。

她是个不幸的女人，男人运也很糟。不过和私生活相反，她对工作的热情受到了很高的评价。德博拉认为简有非常强的虚荣心，他表示“简很敌视比她地位高但实验技术又不熟练的人”。不过当时的大学研究生则给出完全相反的评价，表示“给实验不熟练的人做老师，是她存在的唯一意义”。或许两种评价都是真实的。总之，她一直都只是个技术员，静静地待在研究室的一角，很久都得不到提升。

但正是这个时期，分子生物学日新月异，不断取得飞跃进展。德博拉说，一向积极学习各种新技术的简，好像感到自己获得了莫大的力量。“方法规定概念，反之不可”成为她的口头禅。这句话的意思大概是指“能做什么比要做什么更重要”。

就在这时候，有人开始怀疑她伪造实验结果。《休斯敦邮报》的报道称，向她学习实验操作的大学研究生告发了她，不过德博拉怀疑两个人之间存在男女关系。简到最后都在否认指控，然而考虑到她同时进行的实验数量多得超出常理，不禁让人感觉就算不是全部伪造，也有一部分是假的。

在那之后不久，她被研究室解雇了。没有任何地方会雇用一个有嫌疑的人。只有一个例外，就是赫克特·奥普拉的研究室。当时这所研究室获得了一笔超越其能力的研究赞助，因而无论如何必须获得与之相应的结果。

换工作一年之后，简在基因银行登记了上文所述的病毒。关于该病毒，至今存在两种截然相反的看法。一种看法认为它对癌症研究将会有所贡献，另一种则认为它不会有什么大的影响。无论如何，这是唯一一个由她自己主导设计的研究。我采访的许多相关人士，包括德博拉在内，都相信那是奥普拉教授的指示，而且很早以前就有传言说它与军事用途有关。确实，出于军事目的制造危险的病毒是一种合理的解释。但奥普拉教授所说的也不无道理："就算是出于军事目的，也不可能制造无法控制的东西。"

最近，用"简·D.摩尔"作为关键词在网上可以检索到新的结果。一家专门刊登肯尼迪暗杀事件的杂志开设了网站，将过去所有文章的目录都列了出来。其中一篇论文的作者就是简·D.摩尔。她写的论文题目是《关于李·哈维·奥斯瓦尔德独立犯罪的可能性》。论文认为奥斯瓦尔德的犯罪动机可能是对整个社会的厌恶。这份杂志的发行数仅有500份，差不多算是同人杂志。论文包括图表在内有20多页，刊登在《暗杀》杂志1992年1月号上。

论文针对"暗杀肯尼迪是奥斯瓦尔德的独立犯罪"这一假定进行了论证。因为详细内容过于专业，在此转载重点如下：

1. 给肯尼迪总统和前面座位上的康纳利州长造成多个伤口的"魔术弹"，子弹轨道依旧可能是一条直线。

2. 子弹撞击到康纳利州长的腕骨，改变了前进路线，在膝部肌肉这一缓冲物中停止，因此与外表损伤较少的表象并不矛盾。

3. 很明确的是，子弹从后脑进入、从前方穿出，并造成头盖骨的破损。同时，反作用力使得总统的头部后仰。

4. 车队的行进路线看似突然更改，实际上与地方报纸事先公布的一致。

5. 在8毫米摄像机拍摄期间发射三枚子弹并非难事。以海军陆战队特等射手奥斯瓦尔德的技术可以轻松命中。

其他比如音响效果等方面，论文也都针对独立犯罪的可能性进行了细致的论证，让人觉得如科学家一般思路清晰。虽然不太明白她为何对暗杀肯尼迪怀有兴趣，不过最重要的是她所展示的犯罪动机。

简将之概括为“对社会的复仇”。对奥斯瓦尔德而言，作为正义使者的肯尼迪，就是不断否定自己的这个社会的化身。并且，简认为奥斯瓦尔德深信自己的暗杀行动可以相对地启蒙民众。另外，关于奥斯瓦尔德，她这样写道：“他积蓄了孤独的能量，令其骤然爆发。”“通过假设社会是有组织性的阴谋，试图创造出适合于肯尼迪的犯人形象。”而在另一方面，关于肯尼迪，她严厉批判“说到底他才是越南战争的始作俑者”“避免古巴危机的其实是赫鲁晓夫”。在古巴危机时的核导弹相关评述中，简声称“最具效果的武器是如核武器这样不分敌我的武器”，从中可以窥见一丝火球病毒的影子。

对于奥斯瓦尔德的犯罪，她评论说：“明明努力实现理想，却得不到任何人的赞赏，非常苦闷。”“原本在海军陆战队教给他暗杀方法的就是国家。”那语气简直像在说正是当政者肯尼迪催生并造就了奥斯瓦尔德这种人。

在这些论述中，有一个难以理解的地方，就是在下述文字中突然提到的“妖精”一词的确切含义。

“要是奥斯瓦尔德在战争中立了战功，说不定就真的看见过妖精了。”

我本以为“妖精”（原文是fairy）是某个词的笔误，为此也找过可能弄混的词，但似乎并非如此。从文章意思来看，“妖精”似乎可以认为是“理想”的象征性比喻。

在调查武器相关病毒研究的时候，我发现了一个出人意料的事实。在去年解密的官方文档中，我找到了生物武器的收支报告。其中一个支付对象正是奥普拉研究室。我再度拜访奥普拉教授，他终于承认，为了补充研究经费的不足，研究室曾经做过军事目的的病毒研究。但奥普拉教授同时也强调，尽管如此，他并没有指示简去研究病毒。

“癌症是耗费时间的疾病，不可能作为武器使用，不是吗？”奥普拉教授的这一说法不无道理。但如果病毒原本并非以致癌为目的，而是以火球幻觉导致混乱为目的的话，那就两说了。我抛出这个疑问，奥普拉教授拿出了一份本应对外保密的笔记。那是简的实验记录本。

虽然也有对奥普拉教授的名誉考虑，但是现在我认为他在基本问题上并未撒谎。之所以说是“基本问题”，是因为简到底还是被他指派了军事目的的病毒研究工作。但她私下里秘密进行的研究却与奥普拉教授指派的方向完全不同。因为与奥普拉教授有约在先，我在这里不能详细阐述涉及军事机密的实验内容，不过从记载的数据可以得出这一结论。她制造具有强力启动子的病毒，显然是以癌症治疗为目的的，而最终却制造出会引发幻觉的、具有视网膜亲和性的病毒。有迹象显示，这两者是在某处发生了置换，产生了火球病毒。

但是，简自己从未使用过“火球”一词，用的只有“妖精”这个词。而这个词和前述的论文中所写的“妖精”有着奇妙的一致。我向简的表兄亨利询问这个词的来历，得到了非常有趣的解释。在他们长大的美国南部地区，流传着妖精的传说，传说中的妖精会以火球的形态出现。如果简是为了将传说变成现实而制造了病毒，那不就和为了实现梦想而选择破坏的奥斯瓦尔德一样疯狂了吗?

如果说 D. 摩尔原本不想制造武器，只想让人看见妖精，但最终却制造出了癌症这个最强武器，那真是讽刺至极。

“用麻药瓦解了意识后做的梦，和现实没什么区别啊。”

这是博伊德医生临死前告诉约翰的话。让人看见妖精也好，制造杀人的工具也罢，都没什么大的差别……博伊德医生的话不禁让人生出这样的感觉。

无论如何，罹患青光眼而失去视力的人，就无法看到妖精了。对他们来说，病因是实验中使用的病毒，还是自然产生的疾病，就不得而知了。

生物武器研究的所有文档都将于2038年公开，奇妙的是，这也是暗杀肯尼迪相关文档解封的年份。到了那时候，简·D.摩尔的名字大约又会被人想起。但是，即便公开了文档，恐怕也没人能看清奥斯瓦尔德心中的黑暗，而同样地，D.摩尔事件，恐怕也将永远是一个谜。

直到瞑目的短短瞬间

“听说樱山的废矿挖出了温泉，”神官吉田跨坐在门诊处的圆凳子上热心地搭话，“据说温度接近沸腾，镇上打算建个疗养中心。有了这么厉害的东西，以后就不愁了。”然而每个周末都会和他一起去旭川的赛马场扔掉三万日元的护工志信只顾心疼地嘟囔，和他完全说不到一起去。与志信这个女性化的名字相反，中山志信的身材很魁梧，又剃了个板寸，不过连我在内大家都管他叫志信。

吉田在挖竹笋的时候被树梢刺到了额头，伤口很快就肿得老高，过了很久还在流脓，抗生素也不起效果，就算缝上伤口，里面也都是积存的脓液，所以没办法，只能等它从底下长出肉芽。我在给他的伤口消毒，吉田斜着眼睛观察我的表情，问了一声：“老院长最近怎么样啊？”接着又说，“借了神社下面的公寓住下来的那个东京来的肋田，他买了老院长的车吧？”吉田身为神官，却把神社的树林和祭祀用地都推平盖了公寓楼，真搞不清到底哪个是他的本业。我那辆想出手的汽车也是他一转眼就帮我找到了买主。

“我告诉他在这儿没汽车可是寸步难行。不过那家伙也没个工作，怎么生活啊……难道说，柏青哥[1]的老板这回送了个读书人来当探子？”

半年前，札幌的柏青哥老板买下了站前土地，想开一间卖赛马券的场子，遭到居民的强烈反对，于是派了个黑社会风格的男人住到站前旅馆进行交涉。

“明明你这个博彩神官也想当个柏青哥老板。”

正在绑绷带的志信难得地开了口。他因为用词粗鲁总被患者投诉。

“你蠢啊，人家在神社扔了那么多钱，买些从来不中的赛马券好歹也算偿还了。”

“说得真轻巧。不过真奇怪，为什么神社里面有马的祭殿，就没有其他动物的呢？按理说都是有生命的东西，应该平等对待才对。”

“因为马能耕田什么的，别的动物不像马这么对人有用啊。”

“可马的神是人，这也太奇怪了吧？”

“因为人就是神啊……所有生物，包括人，都只能向人祈祷。”

我到诊疗室旁边的药房配药。透过配药的小窗，我看见两个看过门诊在等雨停的老妇人正在和住院的金子女士聊天。

“恐怖活动真可怕，虽然和这一带没什么关系。”

---

1 柏青哥：日本常见的带娱乐和博彩成分的弹珠游戏机。这里指经营这类弹珠游戏的店铺。——编者注

“说到底，有人真的喜欢杀人哪。”

聊着聊着不知怎么就说到了集体疏散[1]的话题。“不是强制的。”金子的话让另外两人频频点头，看起来只有金子一人经历过疏散。

“只挑选了没有乡下老家的人，本来有兄妹五个，但真正疏散的只有中间的我一个。”

“这样啊。”

“不知道为什么老太太只让我一个人走啊。”

三个人的笑声在等候室里回荡。

“好玩吗？”

“还不错，爬山看河什么的。”

“还想再去一次吗？”

“哎呀，那还是不了。”

哗哗的雨声忽然变弱了。

“雨小了呀。”一个老妇人说了一句。虽然没人仔细听，金子还在继续说：“睡觉前会朝着父亲和母亲的方向说晚安……说起来，也有孩子会整晚地哭。”

“要是现在的孩子会怎么样啊。”

“是啊。”

两个人的心思已经到了外面，开始有点坐不住了。

“雨停了吧？”一个人说着站起来。

“嗯，现在不下了。”

---

1 集体疏散：在面临空袭、火灾等灾难时，为降低损失，将集中在城市的人口疏散至乡村的政策。战争期间尤其常见。

金子想说“弄不好雨还会下大”来挽留，不过两个人还是留下她向玄关走去。

志信对我说：“住处那边有人找你，好像是快递。”

我穿过游廊走到玄关。是大学医院寄来的包裹。

“吃的？”

女儿从里面房间冒出头来问。我暧昧地“嗯”了一声算是回答。泡沫塑料里挖出来的是经过冷冻处理的试管。半年前妻子可奈子因大肠癌过世，她的大肠癌可能具有遗传性。制药公司联系了好几次，说为了研制新药，想要她的组织切片以便研究她的体质与抗癌药物强烈副作用的关联。从医生的立场来说，应该提供检体。而我最想知道的，是美绪会不会遗传这种癌症，要是能只知道我想知道的信息就好了，但那是不行的。一旦要检测研究，容易生的病、容易遗传给孩子的病等都会一目了然。一旦知道这些信息，我这一辈子就不得不提心吊胆地过日子了。保存在试管中的过剩的未来会成为一种负担。面对我的多次拒绝，充当中介的大学不知该如何处理这些组织切片，最终还是寄还给我。在美绪的凝望中，我想将它当医疗垃圾处理掉，但又放弃了这个念头。我一边在意着美绪的视线，一边将试管装进塑料袋收进冰箱深处。拿出来的试管表面黏了一层细细的冰霜，似乎要将检体遮住。

伴随着“与世长辞”这一平淡无奇的台词，与可奈子道别之后，天上开始下雨，随后变成了雨雪交加。自己身为丈夫应该最为悲痛，面对可奈子的家人，不必寻找任何作为医生的借口。

“她也算是幸福吧。”

隐藏在香烟的蓝色烟雾中，可奈子叔父的安慰令人窘迫。

“旁边的安原明明健康出院了啊……”

健康、出院……沉重的语言碎片沉淀在房间的角落，相互摩擦，发出咔嚓咔嚓的细细声音。同样的声音也能从因肺炎而硬化的可奈子的肺部听到。可奈子自己能听到那声音吗？她在半梦半醒之中偶尔会发出“看见红云”的呢喃，随后睁开充血的眼睛微微颤抖。就算告诉她那是幻觉，她还是颤抖不已，不知道是因为害怕而颤抖，还是因为冷打了轻微的寒战。

高个子的牧师站在基督像前向我静静宣读：“请翻开《圣经》的第一页，宽恕你的罪孽。”硬硬的长椅对面，透过蒙着一层水雾的玻璃，雪花纷纷扬扬。我站起来吟唱赞美诗，却听不到自己的声音。无数可奈子生前喜欢的红玫瑰包裹着她了无生气的苍白面孔，给她的脸颊染上一抹红晕。被抱起来俯瞰棺椁的美绪合起小小的手掌，仿佛骄傲般地呢喃着“妈妈真美”。她的嘴唇微微颤抖着说出再见，没有哭。

火葬场的工作人员领我们出来捡拾白色的喉佛[1]。被称为喉佛的部分实际上是第二颈椎，它因为形状像佛祖盘腿而坐、双手合十的样子，所以被认为非常珍贵。我一边这样解释，一边把它轻轻放进箱子。祖父母也让美绪拿筷子捡了骨头。她全神贯注地把骨头碎片放进木箱，发出咔嚓咔嚓的小小声音。

可奈子非常讨厌医生这种没有休息日的工作。至今我还记

1 喉佛：为日语说法，指甲状软骨，俗称喉结。实际上火葬后，甲状软骨已因高温烧成骨灰，留下的第二颈椎被当作了喉结。——编者注

得可奈子蹲在橱柜前，看着结婚时得到的一对杯子的碎片嘟囔说“这样一来就永远都是一个了吧”。现在想来，在她生完孩子发现大便中混有血丝的时候，恐怕癌症就已经萌芽了。而当时的我以为是大便太用力导致的痔疮恶化。后来发现大肠癌的时候，床上的可奈子哭得眼睛都肿了，责怪我为什么没有早点发现。我抱歉地说对不起。

TS-11是医院委托我进行试验的新药。它只在癌细胞中聚集，可以协助导入放射性物质，在癌症治疗上显示出前所未有的效果。它只适用于复发的癌症，不过可奈子的癌症已经刺破肠道壁了，显然是复发的。我为了挽回之前的延误使用了TS-11，没想到几天后可奈子说呼吸困难。她因为药物的副作用患上了重度肺炎，而为了治疗肺炎，又引起了肾功能不全。如同滚雪球一般接连出现的并发症还在继续。她听到护士站传来的对话中混杂着的“明明治好了”“失误”之类的词都会有所反应。后来上了呼吸机，她就什么声音都听不到了。我自言自语地说的“弄错了”成为我的口头禅，其实并没有弄错。可奈子全身浮肿到连原先的模样都看不出来，各个器官逐渐衰竭。

如果没有试验新药的话，可奈子应该还和癌症共存着吧。制药公司声称一定比例的副作用不可避免，拒绝退让，到最后差点吵起来。我连续几天不眠不休写成的要求停止研发该药的论文也被教授退回。考虑到制药公司将巨额开发资金的一部分不断投入医院维持其运营的事实，这一结果也是必然的。即使如此我还是发表了论文，承担起在并不适用该药物的患者身上使用新药的责任，离开了大学。

建在山谷中的医院形如倒扣的杯子。我坐在诊疗室里，大学医院的喧嚣记忆忽然苏醒。台子上消毒器震动的声音传至诊疗机器，让我回过神来。每天应该在手术刀上努力保持平衡的我，心中盘踞着厌恶。时间轴的方向不知在哪里错乱了，周围时间的流逝非常缓慢，只有自己的时间在飞驰，仿佛老年近在眼前。啊，不，那不是感觉，而是事实吧。

卷起血压计长长的橡皮管，金属盒子的锁扣生锈了，反复压了好几次都发不出咔嗒声。这老古董快坏了吧，怎么都弄不好。喜欢用它的父亲大概半年前开始出现老年痴呆的症状，起初是记性变得极差，想不起医院老病人的名字。志信给我打电话说老院长的样子很奇怪，我赶来的时候，父亲连我都不认识了。

早上看着擦身而过的电车窗户里黑压压的人头，我下定决心将父亲送进邻镇的精神病医院，然而这也迫使我不得不来继承父亲的这家医院。

一位中年妇女为了去配餐中心工作来这儿体检。固定表格上有一项是否患有皮肤病的项目。我请她摊开手给我看，她畏畏缩缩地伸出手来。干燥皲裂的破烂皮肤没有疾病，只有贫困生活的痕迹。看着疑似为骗取保险金来挂号的病人，志信一边嘟囔说又来了啊，一边在保险金的事故处理和生命保险的病历上盖章。志信的父亲也是为了保险金不断来挂水。他家有六个孩子，志信是老大。在为这些患者服务的同时，偶尔也会出现确实需要医治的患者。大家彼此彼此。

在满是生活悲哀的乡间诊所，做不了任何复杂的检查和处理，只能在无法确诊的情况下打针、开药，送去市立医院。休息日前一天的下午，因为诊所的药的价格比药店便宜，多了不少人来配药，很是热闹。急救车也不像以前那样来个不停。除去拨款和自己不领工资，父亲到底如何筹措资金，我至今都觉得不可思议。

送去市立医院检查的患者，医院的最终结论是什么也没有。

“说是让我回到这儿来就诊。”

被推回来的患者一副抱歉的表情。我努力堆出笑脸，不知如何回答才好。

志信对着电话说了句“反正就是那样”，把电话听筒递给我。“你闭嘴！保险公司说了，不是市立医院就不能给钱。”我还没把电话贴到耳朵上，就听见金子的儿子在怒吼。

“大夫？我妈下个月想转到市立医院去。”

我明白他是刻意用了一种轻松的语气。医生必须对所有住院患者负责，不可能对患者说“抱歉，您的病情有点恶化，请去别的医院就诊”。这样的责任感迫使我不能置患者于不顾。只不过患者前面说的“大夫，您给我看病我最安心”言犹在耳，转过头的一声“可是”便仿佛鄙视一般绕梁不去。

下午很晚才来的铃木说是腹胀，想要再抽个腹水。但是抽腹水会导致蛋白质流失，病情更加恶化，所以正规的医生不肯给他抽。我应该也算是曾经在大学医院就职的“正规”医生，但是他难得来一次，只能象征性地抽了一管注射器的量。虽然铃木一边鞠躬一边感谢，但其实这在医学上毫无意义。

“为什么不全抽掉？”

连从头到尾一直在看的美绪都指出这个矛盾，我只能回答说，水里有很多营养，不能全抽。

住院患者的饮食清淡，不合孩子的口味。今天的菜里没有鱼也没有肉，美绪只在干烧茄子上稍微动了动筷子，裙带菜、煮菜梗什么的基本都没吃。从冰箱里拿了没吃完的鱼肉松撒在白米饭上，吃了一小碗。看她辛苦的样子我不禁觉得可怜，于是带她去稍远一点的国道边上的餐馆吃饭。

座位旁边是个卡车司机，头上缠着头巾，正在吞云吐雾。杯子外侧全是汗。美绪一个吃的都没点，不知道是不是吃鱼肉松饭吃饱了。外面的霓虹灯把美绪的脸染成了红色。问她要不要肉饼，她摇头；问她要不要拉面，也摇头。

问她想吃什么，她终于回答说蛋包饭，但感觉她是明知这里没有才故意这么说的。这算是撒娇吗？借此拉近和父亲之间的距离？我告诉她没有蛋包饭，她嘟囔说要吃麦当劳。

“这儿肯定也没有麦当劳啊。等下肚子饿了我可不管哦。”

美绪只是低头摆弄黄色学生裙上的小猫嵌花，那是志信帮忙在市里买的。她忽然把穿着凉鞋的脚抬起来问：“拇趾外翻治不好吗？”

“怎么了？”

“妈妈说美绪拇趾外翻。”

看了一下果然是的。拇趾的第二趾侧有点向外侧弯。可奈子自己就有很严重的拇趾外翻，不过不知道她小时候是什么样子。我正在沉思这是怎么回事，美绪看到我的模样，似乎有点不安，把脚趾张开给我看，小声嘟囔“治好了”。

“什么都行，吃点什么吧。”

翻了个白眼的美绪喝了一口果汁，放下沾着汗的玻璃杯，低声说了句“头痛”。问她哪里痛，她频频指向后脑勺。在回去的车里，她基本什么都不说，迎着车窗吹进来的风梳理自己的头发，很舒服的样子，让人不禁怀疑她是不是真的头痛。

回家之后，本来应该头痛的美绪飞快地穿过游廊，跑去医院，拉住住院的金子。

“说是想吃放砂糖的煎蛋卷。”

从冰箱里拿出一个鸡蛋[1]，飞快地倒进一杯砂糖搅拌，端着平底煎锅的把手，顺顺当当卷了个蛋卷。

美绪手上拿着汤勺，嘴里哼着从母亲那里学来的曲子。看着美绪，仿佛可奈子还活着。

蛋卷一转眼吃光光，美绪拿出素描本和蜡笔，开始兴高采烈地画画。据说那是学校的作业。第一次涂出来的天空是令人毛骨悚然的鲜艳紫色。

“天空是蓝色的吧？”

“也有看上去是紫色的时候，傍晚什么的。”

“夕阳是红色的，可不是这种紫色啊。”

“紫色比较好看。”

“老师会说这个不对的哦。”

“紫色天空好看，好看，好看。”

1 原文并没有指名是谁，可能指金子。——编者注美绪继续给紫色的天空画上红色的云，好多云朵让整个天空变成了大红色。

空气中弥漫着一股烧焦的味道。在早上的烈日照耀下，我把毛巾挂在脖子上，趁诊疗的空当去给庭院里的玫瑰园做了中耕，又给玫瑰浇了水。“老大爷，这个要早上吃；这个药早上和晚上都要吃，记住了吗？”志信生硬的声音传来。园子里的玫瑰花苞已经很大了。连混在其中的虞美人一般的最早品种的玫瑰，也一轮一轮地盛放，像是由内而外地喷涌。这种花有着繁复的细节，但据说在植物进化树上的位置并不高。因为裹挟着寒流的海风经常导致霜害，有一户农家在茶杯山的山麓支起塑料大棚，开始了玫瑰栽培。不知道是不是凉爽的气候反而对花朵的生长有利，这里出产的玫瑰广受好评，许多农家都放弃了水田。

我记忆中的父亲是个“悔恨者”。常常喝得烂醉如泥，气哼哼地说自己不该去管那个连市立医院的院长都放弃的剖宫手术。他把母子都救了下来，却丢了院长的面子，导致主任医师的职务被剥夺。不过之所以来到这个边远山村开诊所，还有一个原因是擅长膝部手术的父亲自己的膝部韧带也总是疼痛难忍。

交通事故的患者一送过来，父亲就拖着腿紧急处理。看着他的身影，无法帮忙的我心中满是身为孩童无能为力的悲哀。以为长大成人就可以给父亲帮忙的想法则像小时候玩的赛璐珞玩具，在不知不觉中慢慢褪色，反而是当年获救的孩子在农业高校毕业之后获得了准护士的资格，开始到这里工作。那就是志信。然而他的第一项任务却是给他母亲的口鼻塞上棉花。心脏病发作的母亲被送来这里时，身体已经冰冷了。

市立医院翻盖大楼的时候，大学医院定期会有医生过来。父亲的膝盖状况恶化，除了简单的伤口缝合，无法再拿手术刀，只能整天摆弄玫瑰。从还没长叶子的时候开始，他自院子里拖出长长水管的背影中便饱含寂寞，不过那也许只是我先入为主的想法。顺着拱门状支柱爬上去的玫瑰香气浓得呛鼻，它们像动物一样贪求水分，就连休眠期间根部也在旺盛地活动，一旦水分不足，枝条表面的颜色就会变得黯淡。

我自己也不明白为什么我会连费时费力的玫瑰园都继承下来，脱了汗衫去摘开败的花，流成线的汗水一直淌到胳膊上，又滴了下去。穿过树林吹来的风里能感觉到山那边的海的嘈杂和潮水的清香。不经意间来访的放松让人对工作心生气馁。小时候，母亲带我去过某处海边。明明没有沙滩，却记得自己抢在海浪拍打之际堆出沙山，那大概是我的大脑自顾自创造出来的记忆。去过的海岸只有高高的断崖，那里建不了渔港，也建不了海水浴场之类的高级场所。

喧嚣声远去，我站起身，将酸痛的后背尽力伸直。来取药的患者们打招呼说着“照顾花和照顾人哪个更麻烦啊”“浇水太多根可长不好哦”，我满脸堆笑一个个回应。用汗津津的手臂擦拭额头汗水的时候，我看见天空中涌来巨大的积雨云。

放学回来的美绪泡在诊疗室隔壁的病房里，欢欢喜喜地叫着“金奶奶，金奶奶”，黏着金子不走。金子虽然没什么精力，但还是教她儿歌，拿手工缝制的水滴图案小布包和她玩。美绪用小手小心翼翼地触摸心脏手术的缝合口，问：“不痛吧？”反过来也很自豪地说着“你看，你看”，把自己额头的伤口给金子看。她从台阶上滚下来的时候哭个不停，用整形的细线缝合之后还是留下了疤痕。我对可奈子解释说美绪就是这种疤痕体质，但可奈子不听，一直认为是我的缝合方法不好。

告诉过美绪这伤口不应该给别人看，但她还是喜欢把柔软的刘海撩起来，是因为想看别人的反应吗？

门诊结束之后，我把椅子放到诊疗桌的旁边，让美绪来做一年级的算术和汉字练习。看她把上课教的原本不明白的东西一点点变成自己的理解，这个过程很开心；不过反过来刚才还做对的地方后来弄错的时候，又忍不住站在家长的角度训斥她。她说自己头痛我也没在意，顺着怒气就训了一句：“小孩子不会头痛！”随后就有点后悔，我换了温柔的语气：“这样子跟不上市里的孩子哟。”

“老师说我做得很好的。”

看到美绪眼里饱含的泪水，我意识到自己也许是在训斥那个独自被丢在乡下的自己。以前对孩子毫不关心，现在又急躁地想让她变成自己心中希望的模样，我对自己的心理变化也感到无法理解，抱起她轻盈的身子走到院子里。

以前公寓窗户外一户户灯光里透着的寂寞感，在这里也都感觉不到。虫鸣声包围的空气很浓密。从清晨开始出现的花蕾已然盛开，粉红色的花朵肆无忌惮地挥洒芬芳。头脑中又响起那种沙沙的声音。小时候一心想把仿佛可以划开手指的花瓣收作自己的东西，还因折下花枝被父亲斥责，但玫瑰拿到手上才发现并没有想象中那么美丽。

“哪朵最香呢……”

美绪挣开我的手臂，热心地来回嗅，结果找到了一只黑猫。附近树林里似乎有个猫的墓地，以前就经常有又脏又瘦的或者拖着一条腿的猫过来。父亲曾自嘲地说明明连生病的猫都还没来过。美绪一跑过去，猫就钻进黑暗的缝隙消失了。

“是只老猫吧。这附近有个只有猫才知道的猫墓地。”

我这么一说，美绪眨巴着眼睛直喊“想看”。

“猫能活多久？”

“大概十年吧。”

“猫的寿命很短啊。”

“不过猫说不定没有时间概念。”

外面传来消声器发出的尖锐排气音。我转头去看，只见卖给肋田的那辆原本属于父亲的白色汽车停在那儿。

父亲本来对车没什么兴趣，可是某一天突然把这辆三十年前的二手车送去旭川进行全面修理。“这大概也是老年痴呆的一种表现吧。”志信曾苦笑着说。又是订购部件，又要专门订货，忙来忙去都到了下一年的车检。有棱有角的箱型外观简直像是外国车。

年代久远的车里，连头靠和安全带什么的都没有，但内部还是全部用不相称的崭新人造革换过，只剩下可以看到裂纹的仪表盘。要把咯吱作响的变速杆推到一挡的位置需要费不少力气，接触不良的方向灯倒是能亮了。开在砂土路上时方向盘会剧烈震动，无法控制，想去什么地方就算拿鼻子顶着都没用，但是一旦放弃，方向盘忽然又会变得灵活，简直像活的一样。只要开到 60 公里，不但会感觉速度飞快，异样的紧张感也会随之产生。买走这个崭新古董的肋田真是我的救世主。他现在好像没工作，问他在东京的时候在哪儿上班，他说是在制药公司，但是再多就不肯说了。我理解他的心情。有时候会有一些抛弃打工生活来到这里的人，都不愿谈起过去的经历。

穿着夹克、戴着毛线帽子的肋田朝我们挥手，向我们喊“晚上好”，从车厢里卸下裹着毛巾的白色天文望远镜。许多年前，这一带曾被当作日本最美星空出现在明信片上。肋田差不多每周都会到这儿用望远镜观察星空。

“你知道猫的坟墓在哪儿吗？”

“不知道……不过，我知道星星的坟墓。”

“哎，在哪儿啊？”

“有很多很多。那边黑黑的地方肯定就是。”

肋田用戴手套的手指向天空给美绪看。

“有个叫黑洞的东西，什么东西都会吸进去，它就是星星的坟墓。”

肋田寻找的是与黑洞相反的白洞，据说是会将一切东西都喷出来的魔法口袋。我曾经问过他白洞看上去像什么，结果被他嘲笑说“还没有人看到过呢”。

“今天的云很罕见。你看那个向下伸出的叫漏斗云，会变成龙卷风哟。白天在海上形成，登陆上山之后就变成这个样子了。”

有片云从积雨云的正中向下伸展，像是龙卷风的下半部分被切断了的模样，云中间有个空洞，旋涡中心闪着蓝白色的光。

“简直像是手术刀切的一样。”

“手术刀吗……我一直有个疑问，医生第一次做手术是什么样子？”肋田问我。

“老师在旁边监督，自己一个人做，成功做几次之后就是专业医师了。”

“一开始的患者不愿意吧？”

“嗯，不过我们不会说，他们也不会问。”

“……”

“嗯，算是欺骗吧。”

“大夫您真正直，难怪这么多病人都来找你。”

“唉，现在可是专科医生的时代，大家都去市立医院和大学医院，不想来这样的地方。”

“专科医生哪里厉害呢？”

“在小范围里反复做同一件事，就可以机械性地完成工作，所以不管诊断还是治疗，错误率都会降低。比起人，大概机器要更厉害吧。”

“确实，就像打棒球一样，每次都能投到同一个地方的人很了不起。还有法庭审判的时候，人类的暧昧也很讨厌啊。”

肋田说话的方式好像预先知道答案一般。夜晚的山里露水很重，一会儿就会沾到望远镜的镜片上。肋田一边拿天鹅绒布擦拭，一边嘟囔说冷了就没有云了。漏斗云上落下的雨水淅淅沥沥地滴在脸颊上。

窗户一直到半夜都被风吹得响个不停。不知道是不是太累的缘故，被自己的鼾声吵醒了好几次，但是分辨不出嘈杂声音的来源。反复梦到自己手术前明明洗了手，却总是不小心碰到什么地方，不得不从头再来。后来又做了海的梦，面对朝阳，海面上泛起金色的波纹，无数的光芒喧闹不已，波浪沉默而不悦地不停翻滚。银色交织在金色中，时间与空间逐渐融化。波浪的裂纹上漂浮着一只少了一条腿的猫，它望着我，像是民间工艺品一样慢悠悠地左右摆头。

毫不留情倾泻在脸上的朝阳让我睁开了眼。即使出了门诊，仿佛远处传来的波浪声一般的耳鸣还是挥之不去。

“点滴是不是比平时快啊，哎，大夫。”

松本让志信稍微把速度调慢一点。她从处理台上起身，推开起了水雾的窗户，嘟囔说“开得很漂亮啊”。她在医大动过乳腺癌手术之后，一直来这里挂营养液。

松本小学时候转校到这边时，无论是用开裂的汤勺背往面包上涂黄油的行为，还是洗脸时用嘴叼住手帕的动作，都展现出习惯都市生活的女孩形象。她学习很好，三级跳很拿手，常常邀请我去她家里玩大富翁游戏，那已经是大人的游戏了，而且用搅拌器制作的香蕉汁也是不同寻常的味道，特别是对习惯了在橙汁里添加甜蜜素的舌头而言。伴随着对她的憧憬而产生的对都市的向往逐渐膨胀，最终超越了淡淡的恋爱情愫。当儿子终于说服父亲，得以不再遵循他为自己规划好的以乡村医生终老的人生路线，转而投宿到东京叔父家里的时候，她对我而言，已然不再是特别的存在了。

松本的丈夫正一也是栽培玫瑰的农人之一。我观察他的表情问："差不多该追肥了吧？"正一几乎每次都会陪松本来医院，挂水的时候轻轻摩挲她的后背。他摇摇头，告诉我说开花的时候施肥会扰乱花朵本来的形状，所以还是等花谢了再施肥比较好。随后他又建议说应该早点摘蕾，因为抑制花朵数量能让花开得更大。

"摘蕾这种事不好下手吧？"

松本这话算是说中了，我只能苦笑。既然是玫瑰园，花就算小，只要开得多，也是不错的。这个意见更适合我。

挂到第二瓶的时候，我看见正一从卡车车厢后面嘎吱嘎吱卸下来什么东西。

"我想有灯会更漂亮。"

正一笑着咚咚地敲窗户，在玫瑰园的四角插上高高的棍子。一阵当当响声后，五排花坛各自堆了一堆缀满小灯泡的线，缠在方形木棍上。地上拖出绿色的电线。

他用了三块接线板，穿过窗户的缝隙，把电从医院里引过来。插头插好的刹那，地面在橙色的灯光中浮现出来。寒冷黄昏中，玫瑰花瓣的颜色更艳了一层，蓝色的影子轮廓格外显眼。

一大早起床跑去院子的美绪哭着跑回来的时候，我还在半睡半醒之间。

"金奶奶没起来。"

美绪焦急的一句话让我来不及换睡衣就赶了过去。金子的头发还在往下滴水，保持着坐在椅子上的姿势，只有头偏在一边，鼾声大作。翻开眼皮，瞳孔的焦点对不到一起。失去力气的金子身体背起来出乎意料地沉。这里连检查设备都没有，只能先打个点滴看看。幸好脉搏还很稳定，我叫了救护车。

“金奶奶要死了吗？”美绪不安地问。我回答说可能是大脑的血管有问题，不过不知道这个说法她能理解多少。看着美绪一脸惊讶的样子，我指着她手背上浮现出来的青色静脉给她看，她像是看到什么不可思议的东西一样盯着自己的小手。

“为什么会有问题呢？”

“不太清楚原因。”

“没有原因？”

这种语气和可奈子听我解释疤痕体质的时候非常像。在美绪抬头望我的眼眸中，我看到了呼吸痛苦的可奈子诉说“要死了”的样子，不信任的芽根深蒂固。“原因是有的，只是爸爸不知道。”我换了个说法，但是美绪依旧皱着眉头。

傍晚时分，市立医院打来电话通报金子的情况。主治医生告知的病名是脑干部出血，因为是关乎生命的部位，不能手术，只能采取任其自然发展的方针。

“现在内科没有病房，能不能还是先在您那里住院？”

主治医生委婉地要求把她领回去。我知道，没有治愈希望的慢性患者优先级很低。

“哎，又回来了？”

大约是想到多了照顾人的活，志信一脸不耐烦，不过还是一个人把救护车送回来的金子搬到了病房。和他擦身而过的是又来抽腹水的铃木。看到比自己更严重的病人，他的眼里刹那间闪过轻蔑的神色。当我以营养状态恶化为由拒绝给他抽腹水的时候，他很不高兴，摇晃林立在担架上的各色点滴瓶。为抽取空气而扎的针上滴下液体，落在脸上。

金子嘴里是支持呼吸的呼吸管，脖子上是输营养液的点滴管，下面还有采尿用的尿道管……好几根软管垂在身边，金子像是贴地爬行一般地活着。1 小时 80 毫升的营养液从吊起的瓶子进入血管，标准的 50 毫升左右的尿液通过导尿管流入地上的尿袋。相差的 30 毫升变成汗水蒸发，升到空中变成云的碎片。沉默寡言的儿媳在旁边照顾着。我发现自己的白衣染了血渍，不记得在哪儿弄的，任它沾在上面慢慢变黑。

自动血压计的警报响了，不过只是暂时的异常，很快又回到了正常范围。陷入昏睡无法醒来的金子估计听不到这个声音。她应该连时间的感觉都没有了，不断投入的升压剂，只是为了延续她在这个世界的时间而已。抱有中止治疗的罪恶感帮助患者的医生，能做的只有等待“适当的时候”。

“下个星期天，到山顶上看看山那边的海吧。”松本夫妇邀请我们一起去郊游。美绪一开始讨厌去黑暗的山上，请了肋田她才同意。松本快要去大学医院化疗了，她干劲十足地说：“不铆足体力可不行啊。”

志信在医院留守。一行人沿着国道走了大约 20 分钟，进入砂土登山道。美绪又跑又跳，浑然不知接下来还要攀登长长的山路。红色的小花开满广阔的草原，远处新绿的山峦层层叠叠，仿佛挂历上的美景照片。

山路很快就变成陡坡，高大的树木覆满天空，脚下是湿漉漉的黏土。尽管也有干燥的地方，还埋了圆木当作防滑台阶，但在山崖上还是差点滑倒。

“这是榉树，那是栎树。”

肋田边在前面开路，边向跳起来够叶子的美绪说着。我的腰突突地疼，不知道是不是在诊疗椅上坐多了、运动不足的缘故。回过头看到和正一手牵手的松本正在用毛巾擦汗，满脸泛红。

一行人勉强赶在中午之前来到北面斜坡，这里的山势舒缓了些，还有间滑雪小屋。我们在屋外圆木做成的桌子上摊开饭团，眼前展开的积雨云和凉爽的山风让腰痛稍微缓解了一些。肋田说传闻对面山谷有怪兽，正一附和说是。松本悄悄把药倒进喉咙。

我们再度出发，走到腐叶堆积的道路上。松本说腿疼，她特意买了双新鞋，还没穿合脚就跑来爬山，走了这么多路，脚后跟磨出了小小的水疱，越发疼痛难忍。看样子爬到山顶是不行了，正一说改到半当中的山脊吧。这个提议让我如释重负。松本虽然抗议说稍微慢点走就没事，但接下来又走了一个小时，仰头望山顶的角度还是没什么变化，也只能放弃。透过树叶的斑驳阳光已经拖出了长长的影子。

据正一描述，山脊虽然没有山顶那般的绝色美景，也能看到南侧斜坡外大海化作山阴的景色。在岔道口我们放弃了难以捉摸的山顶小径，过了标志之后，纤细的登山道更狭窄了一层，差不多快变成兽道了。尚且明亮的天空滴滴答答落下来的小雨一转眼就变成了倾盆大雨，大家只有靠肋田按人数拔的蜂斗菜[1]叶子当雨伞。众人一同躲在脖子上裹了红布的祖道神石像所在的树下，树叶间还是有大颗大颗的雨滴砸下来。

雨终于变小了，黑沉沉的雨云飘过去，天色重新亮起来的时候，一看手表已经四点。松本说无论如何都要爬到山脊，语气比要爬到山顶的时候更倔强，她拖着右腿走在前面，嘴里不停地说那景色肯定很美。肋田在稍后一点的地方紧跟着。松本最终还是听从了肋田“不看脚底下会很危险”的劝告。

“我不想沿爬上来的路下去。”

因为松本的话，正一选了一条树木较少、视野开阔的路。可那是一道砍伐掉树木后的斜坡。

“后面都是秃山。”正一笑着说。

一行人辛苦半天才爬到这里，乘着下面吹来的风下山时却很轻松。没有余暇去看零零碎碎的风景，一口气爬过滑雪小屋的时候，光芒将云层和山峦都连起来了。

“眯起眼睛能看到彩虹哟。”肋田告诉美绪。

“真的哎。”

松本也在旁边抬头望天，眯起眼睛，透过睫毛上沾的水珠可以看到圆圆的彩虹。

背后的汗水变得干冷，由积雨云化成的大片碎云被冷冷的夕阳烧成红色。我站着看了一会儿美丽的晚霞，梦中在田间小

---

1 蜂斗菜：叶片为心形的草本植物，动画《龙猫》中龙猫当作伞的叶子就是它。

道奔跑的记忆苏醒了，不过如今已经无法再将晚霞当作特别的存在了。

走在旁边的肋田在脸前挥了挥手，低声说了一句“好痛”。

“怎么了？”

“被马蜂蜇了。”

转头去看，他的拇指根部肿了起来。

“别拿手挥就好了。”

肋田朝旁边有个树洞的歪脖子树踢了一颗小石子。

“也有人被马蜂蜇死啊。”

“那些都是第二次被蜇的时候发生过敏反应了。”

“那我下回被蜇就危险了？”

“说小心一点，可能也没用。”

“我可不想被马蜂蜇死……动物最好的下场大概还是自然死亡吧。”

我们默默地走了半晌，只是为了赶走疲惫。

“有个先天性肝功能不全的朋友，没等到肝移植就死了。”

肋田忽然说。为了不在泥土潮湿的山坡上滑倒，他紧盯着前方。

“大夫也做过移植手术吗？”

“没有。不过我也不知道到底是做不来移植所以不习惯做移植手术，还是因为不习惯做移植所以不想做……”

周围逐渐变得朦胧，不知道是阴雨的缘故还是天色晚了。原本打算下山时观赏的树木的色彩，也染上了从树木阴影中渗出的夜之黑暗。

在斜坡快要结束的时候，有个平坦些的地方有块小小的墓地。十块墓碑肩并肩排在一起，都是同样大小的平坦花岗岩雕出来的。不可思议的是，墓碑上面还印了死者的黑白大头照，而且看上去全是外国女性。

“这是什么？”

我这么一问，正一告诉我：“那是从俄罗斯嫁过来的人，死后土葬在这里。”

“这是个小小的外国人墓地，那边的习俗就是在坟墓上印照片，或者竖铜像什么的。”

在地下木乃伊化的遗体仿佛正在向我微笑。

“猫的坟。”

美绪说了一句，我们凑过去看。贴在墓碑下面的是睡觉的猫，似乎是家猫。像是女主人的长发女子正用射线一般的眼睛盯着我们。

“大部分都来自切尔诺贝利旁边的村子，都是年纪轻轻就死了。据说到现在靠近骨头的话，检测机器还会咔嗒咔嗒地响。”

对于正一的描述，肋田一边低声说“不可能的”，一边凝视着照片上的女子。

离开的时候，我又回了一次头，不属于这个世界的死者的时间沉淀在那里。

如果作为机器，金子的状态是稳定的，受控的血压稳定在某个范围。生命变得风平浪静的她，恐怕这辈子从未有过如此平稳的生理状态。听诊器中的心脏音没有异常，她以前常常抱怨的腿部浮肿也消失了。其沉默寡言的儿媳手脚虽然麻利，但不管我怎么解释过去一天的情况，都只会说“啊”“是”，不提任何像样的问题。换过尿布、擦过身体，志信不耐烦地低声嘟囔“差不多可以了吧”。虽然我为此也批评过他，但说实话，在金子的儿子基本不露面的情况下，我也不知道到底应该治疗到何种程度。

“志信，金子的老妈是脑死亡吧？”

对吉田来说，这是很少见的敷衍语气。

“嗯，说起来是靠插管维持生命，不过，什么都不知道了吧……”

“大夫认为呢？”志信把这个问题丢给我。

“虽说没有意识，也不能说是脑死亡。”

“那她也会疼吗？”

“是啊。”

“果然。”

“怎么了？”志信问。

“没什么。我妈也是脑中风死的，和她很像。”

吉田的手放在膝头，捏了捏裤子的褶皱。

“不同的人情况不一样的。”

我慌忙加了一句。

“你们这些大夫啊，总把个体差异挂在嘴边，可是开的药都一样。”

吉田的嘴角浮现出讽刺的笑。

松本打我的手机，问我要不要带美绪来夜市，让我想起白天吉田说过今天是神社的年度大祭。我开车穿过空荡荡的站前转盘，广场正中间竖着从外国买来的大钟，据说是为了吸引游客。六点整的干涩报时声哐啷哐啷的，我告诉美绪每逢六点和九点都会响，但是没有回答她“为什么”。满是尘埃的神社大道两旁排列着大祭的灯笼，大祭似乎已经结束了，卖棉花糖的、卖小点心的，都只剩下摊位的骨架。

“大夫，这儿。”

顺着招呼声回头看去，松本蹲在捞金鱼的摊子旁边，碗里已经放进去好几只。执行委员正一和商店街的人放烟花去了，让松本帮忙照看捞金鱼的摊子。她把勺子递给美绪，自己也拿了一只，教美绪怎么捞。不知道是天生灵巧还是松本教得好，美绪漂亮地捞起小小的一尾。那只金鱼的鱼鳞稍微有点剥落，尾巴直弹，很活泼的样子。美绪把它放进塑料袋的时候虽然很骄傲，不过看到它浮在水面上嘴巴一张一合的样子，又担心它会死，不肯收下。我催她说这条鱼很健康，放进水槽就没事了，但是松本在旁边帮腔说死了就不好了，结果美绪又把金鱼放回去了。

松本收了摊。我们和她一起走到神社事务管理所，红着脸的吉田正在那里。

“这伤口能不能好啊……志信那小子说能好。”

他穿了一双草鞋，啪啪地敲自己的额头，显然已经喝醉了。

“大夫说的没事都是骗人的，神仙也是骗人的……哎，这就是善意的谎言吧。”

说完这句，他便和五金店的商业街会长矢野说起肋田的传闻。据说有一天肋田不在家的时候，煤气报警器叫了起来，进房间一看，里面都是些实验室里才有的药瓶、天平什么的，还有小储气罐。玫瑰栽培也会用到药瓶和天平，戴了有色眼镜去看人，看什么都会觉得奇怪吧。吉田像是捕猎巫女一样兴奋，对矢野说还想趁肋田不在的时候再进去看一次，请矢野一起帮忙。矢野掏出记事本，结果赛马券一起掉了出来，话题立刻就变成下个星期天哪匹马最有可能跑赢了。关谷农场的马好像来神社做了必胜祈愿，两个人开始讨论马的毛色如何如何、家系如何如何、营养如何如何，还拿出记录来。

正一他们回来后会收拾场地，我丢下一句“喝醉可以，别把自己摔伤”后便去找松本。作为捞金鱼的答谢，我开车送她回家。

昏暗的道路两旁有一粒粒的光点，水田里映出细细摇曳的月亮。穿过水田，沿路的低矮白杨树深处，中学的门柱散发着白光，上学时候的木造校舍已经变成了钢筋水泥的建筑。

“以前的学校五年前坏了。”

松本说。我虽然知道，不过还是说“这样啊”，稍微表示了一点惊讶。这也算是我长时间离家之后的义务吧。

沿着舒缓坡道开到头的时候，从草丛里跳出不知道什么东西。我感觉轧到了，好像是小动物，大概是被灯光照到的狐狸或者猫。我对两个人说了声“我下去看看”，然后把车停在路边观察车底，结果什么也没发现。

“到了烧山的时候了。”

我在汽车周围梭巡的时候，松本也下了车，对我说。为了防止梯田遭受霜害，人们会把蒿草、旧轮胎什么的堆积起来点燃，在这一带将之称为烧山。在我的想象中，无数的烧山堆井然有序地排在田地里，沐浴着银色的月光，约三十年前有关烟雾气息的记忆被重新唤醒。

“还记得以前我们玩捉迷藏一直玩到烧山都烧完了吗？家里人气得要死。”

松本的肩膀小小的。我好几次想伸手去搂她的肩，半途都放弃了。忽然间回过神来，我发现自己正在她的背影中寻找与癌症复发患者相称的悲哀，像是在寻找自己的处所一样。我用力握住她的手，手上满是汗水。夜露打湿了空气，远处有人在喊妈妈。被丢下的自己孤身一人，至今还藏在烧山的阴影里。

“能治好吗？”

我不得不沉默。

“心想不能事成，真寂寞啊。”松本开玩笑般地说。

“哎，反正谁都会……”她故作轻松地说，可是说到一半停住，随后接了一句，“也不是谁都会啊。”

远处的钟声悠然响起。

尾灯将松本的侧脸和胸口都照成红色。她直直地望着前方，嘴唇微微嗫嚅，没有声音，仿佛在从无法交流的另一个时代向我诉说什么。低沉的钟声再度敲响。

金子的血压缓缓降低，正提醒儿媳说可能会突然变化时，血压又恢复到原先的水平并稳定下来，明明什么都没做。更神奇的是积存在咽喉部位的痰液也清了，呼吸音也一反常态，十分平稳。没有其他患者需要担心，我从窗户望出去，看见快要凋谢的夏日玫瑰伸展枝条，想起差不多到时候了，去玄关的杂物箱里找父亲的枝剪。

正一给我的书上说，现代玫瑰和野玫瑰的原始品种不同，后者只要简单修剪就可以了，但前者如果不仔细修剪，秋天的花就开不好。而且如果枝形杂乱，通风和日照都会受影响，也容易产生虫害。我埋头向内侧修剪枯萎和有伤的枝条，忽然发现自己已经剪了不少，有些枝条上的芽长得还不错，不禁有些后悔。花枝剩了三分之二左右，我小心翼翼地顺着发芽的方向斜斜剪下，又想这回是不是太小心了，必须剪够才行。

“大夫对下回开的花心里很有数啊！”志信朝我招呼说。

“嗯，差不多吧。”

“不剪会怎么样？”

“花枝得不到营养，只能开小花。”

“剪断的地方不会有细菌进去吗？”

“花和人不一样，没关系的。”

我嘴上虽然这么说，不过心里也没底。脖子有点痛，仰头看天，几重卷云的天空清澈透明。

邻镇的医院外面贴了故意做旧的花砖。我来到走廊尽头推开门，颇有开放感的房间里日光明亮。父亲在里面。看到由护士领进来的我，父亲问了声：“哪里不舒服？”哦，他今天在看门诊。

“能治的就治，治不了的就治不了。”

“没什么大碍，他就是过来向医生问问情况。”

我有些反感护士稍显轻佻的打趣回答，径直说出自己自作主张把车卖了的事。

“虽然有人说医生的诊断一半都是误诊，但还是要好好治。”

我解释说不开的车放在家里也是白占地方，但是没人理睬。我又说起打理玫瑰园的事，美绪插进来说：“我看到猫的坟墓了。”

“猫死之前会来吃玫瑰。”

“猫会吃玫瑰？”我吃惊地问。

“拼命地吃玫瑰。”回答非常干脆。

“为什么？”

“时间会变得非常充裕吧，充裕的话就会轻松。”我的追问得到这样的解释。随后又被斥责：“大家都开始拼命奔跑的时候，你不也只能硬被带着跑起来吗？”

父亲从我带来的水果篮里拿出橘子吃了起来，然后切了个甜瓜，和美绪一人吃了一半，葡萄连皮都吃了。但是我要削苹果的时候被拦住了。

“那是给老鼠的。”

“老鼠？”

“实验中被杀死的老鼠，给它喂大红苹果当祭品。”

父亲盯着苹果的眼神非常认真。小时候我听说父亲对园艺的兴趣是从战争时期的毒草研究发展来的，据说曾经给实验老鼠喂过蘑菇，不过没有研究出任何成果就结束了。

“是这个苹果吗？”

“是啊，苹果。连核都啃。”

“……”

“植物毒素变成抗癌剂了。毒气也变成抗癌剂了。”

不知为什么，父亲挺起胸膛说着，很自豪的样子。这么说来，父亲喜欢纪念安妮·弗兰克的玫瑰品种，特意引来栽培。我回想起老年妇女们在门诊处开心地聊集体疏散的事的情景，也许对于父亲那一辈的人来说，聊战争的话题是有趣的事。

“提纯技术越来越进步，效果也越来越强。”

父亲通红的脸颊在柔和的日光下显得很明亮。

修剪之后大约两周时间，不知是不是总有温暖日照的缘故，颜色渐浓的硬芽逐渐开始膨胀，叶子也伸展开来，根部活动越发旺盛，不得不浇上充足的水分。有足够的日照，枝条上的新芽也发了出来。不过按理说顶上应该有花芽的，但是一直都没长出来。无奈之下，只有趁诊疗的空隙把长了一两片叶子的枝条剪掉，美绪黏着我说玫瑰总是剪来剪去的呢。

“为什么都是剪下面的枝条呢？”

玫瑰通常都是拿野玫瑰做砧木嫁接，有些嫁接的品种不如野玫瑰的生育力旺盛，放置不管就会彻底长成野玫瑰。

“上面和下面是不同品种的玫瑰。上面的叫米丽安娜，开的花是大红色的，像天鹅绒一样，非常好看。下面的就算开花也不好看，所以这些花芽是多余的。”

“它们不会开花？”

“就算开花，花瓣也少，也不好看。”

“真可怜。很难看吗？”

“难看是不难看。可是，花瓣不多，开的也都是白花。”

“好看的也有，不好看的也有啊。”

我含糊地应了一声，继续修剪。

“妈妈呀。”

美绪咬着手指吞吞吐吐地说。对于我的“嗯？”没有回应。

“在看什么？”

她有点恍惚地盯着什么地方。

“没什么。”

我有些担心她的样子，问她：“你要不要照顾一株玫瑰让它开花？”

“好呀。”

美绪开心地回答，跑去医院一个个告诉大家说自己在种玫瑰。

晚春玫瑰和早秋玫瑰之间只隔了一个短短的夏天。傍晚时分，秋天最早绽放的花朵染上犹如从内部炙烤出来的鲜艳色彩。和春天的花朵相比，秋天的花生命力更顽强。志信剪下几株，做成切花插在门诊的花瓶里。

因为是下雨天，不用着急浇水。野玫瑰从下面开始落叶，美绪的玫瑰花芽还很紧致。下午来挂水的松本推着吊水架来到玫瑰园，差不多整整两个小时都在翻土、中耕、拔草，直到瓶子空了为止。放学回来的美绪也在水桶里放了儿童用的枝剪和铲子，像小女儿似的跟在后面转。

“松土会有空气进去，树根就可以呼吸了。”

美绪跟松本学了这句话，像鹦鹉一样翻来覆去地说。还没到六点她就从床上爬了起来，我正奇怪她要去哪儿，只见她一个人热心地跑去照顾自己的花芽了。她提着小小的水桶在野玫瑰和水龙头之间来回跑，大概是因为松本告诉她早晚都要浇水。

美绪用小手努力拔草，拿铲子给玫瑰松土的时候小心翼翼，生怕伤到根系，她一边对玫瑰说话一边翻土的手法还真像那么一回事。手指甲里全是泥巴的美绪，开心地用一条腿在玫瑰丛里跳来跳去。刚刚露面的朝霞上面传来飞机的声音忽远忽近。美绪说有只快死的猫，我吃惊地去看，但是没找到。不知什么时候飞机的声音也消失了。

诊疗室里，吉田盘腿坐在铁椅子上，一边让志信打针，一边和他开心地聊着。

“来旅游的人把一休旅馆和仓山酒店都订满了，难怪说是五十万年一次的大规模流星雨……其实就是冰块燃尽的样子吧。人这东西啊，就是会对无聊的事情大惊小怪，你说是吧，志信？”

“哪匹马跑第一才是顶重要的？”

“嗯，也是。”

我坐到椅子上。两个人的笑声在背后回荡。

“小大夫，我这伤口，不能打抗生素吗？”

吉田的话让我把刚翻开的杂志又合上了。

“现在打的针就是抗生素。”

“以前挺管用的，这次为什么不管用啊？”

“已经换了三种了，每次过段时间都会产生耐药菌。”

“不懂。医学这玩意儿真的在进步吗？”

“求您了，开点安眠药给我。”

一个穿着睡衣的患者走进来。七天前给她开过两个星期的量，特别告诫她不要过量服用。

“求您了，开给我吧。”

“不行。”

“求您了。老院长就给我开的。”

“不行。”

其种地的丈夫脚上穿着满是泥巴的鞋子就进来了，他瞪着我大吼说：“就算死了也没关系，快给我们开药！”连志信都说“给她开点药又能怎么样”，我哑口无言。

正要关闭门诊，救护车开了进来，担架上是脸色煞白的铃木。说是喝了农药。幸好呕吐过，体内大概没有残留太多的量，至少意识是清醒的。他虽然喊痛，我还是硬给他插了橡胶管，用温水洗胃。黏糊糊的蓝色农药流进脓盆里。

“故意把农药染成不自然的深蓝色，是要让人一看就知道有毒。”

农校毕业的志信炫耀自己的知识渊博。

急救员问恢复呼吸的铃木为什么喝农药，铃木没有说自己来抽腹水被赶回去的事，只是瞪着我问：“给不给抽？”比平时多抽了一点，我拿注射器给他看。忽然我看见美绪在窗外，她把脓盆拿出去了。黄色的腹水和蓝色的农药混杂在一起，从倾斜的脓盆慢慢倒在野玫瑰的根部。

我打开窗训斥她说："你在干什么？脏东西不能倒那儿。"

"营养。"美绪胆怯地说。

那天晚上，美绪又说她头痛。据说不是一跳一跳的局部疼痛，而是整个脑袋模模糊糊地痛。是额头受伤的后遗症吧，或者是母亲生产时候的疼痛记忆？

"睡着了就不痛了。"

虽然这么说，但风不断摇晃玻璃窗，美绪一直翻来覆去，我也是闭着眼睛睡不着。到了半夜，听到美绪低声呼唤妈妈的梦呓，那声音里混着可奈子的声音。可奈子出现严重发绀现象的时候，痛苦地喘息着说的那句"要死了"，又在我的耳边回响。沙沙作响的玻璃声，像是可奈子微微颤抖的手指触在上面。

我从冰箱深处取出试管，它的外面结了一层厚厚的霜，深处可以看到冻结的肉片。红色是被冲洗剩下的血球颜色，它在手指的热度下融化，时时刻刻都在自我融解，细胞正以寻求生命般的力量奔向死亡。生物将早已被设置好腐败程序的身体恢复到原状，以继续生存。将来如果美绪愿意的话，也许可以用它生出自己的母亲，这就是现代医学。但是现代医学连癌症都无法治愈。在可奈子冻结的时间开始流逝之前，我不得不急匆匆地把试管放回去。

寒冷的日子连绵不断，火炉一拿出来就再也没收回去。每株玫瑰的叶子都变得无精打采。尽管在离主干稍远的地方施了正一给的复合肥料和牛粪追肥，效果还是不好。强风肆虐的夜晚，怕开始绽放的玫瑰花被风吹落，拿硬纸箱一株株罩住。强风逐渐带来雷鸣，又带来大雨，泥土化作几股泥流淌出来。园子里的电灯也被横风吹得摇晃不已。大概是风声太大，遮住了声音，在听到警报声的同时，敲医院大门的声音响了起来。急救队说有车从山路上翻下来了，患者当中的一个是头上流血不止的肋田。

满身泥水的男子据说是开车的司机，一眼看上去没有任何问题。而手和腿都又黑又肿的肋田呼吸浅而急促，几乎没什么意识，要用力揪皮肤才会勉强呻吟一声。我感觉在这儿处理不了这些状况，姑且先让他躺到诊疗室的床上，从手指甲处刺入点滴针，然后想让救护车直接送去市立医院，但他们说半路的山崖塌了过不去，我不禁愕然。

在骚动中爬起来的美绪站在门诊室的一角。我让她回房间去，她没有搭话。

“请救救他。”旁边的男人哀求说。我的专业是腹外科，无从知晓眼前的胸腔里发生了什么，也没有时间慢慢检查。而且自己现在的身份仅仅是开业医师[1]，和大学医院的勤务医师相比，即使犯下同样的错误，正当性也是不同的。我带着这样的自卑心理看着肋田，他的呼吸断断续续，脉搏逐渐微弱。这不是气胸吗？总之这里只能治气胸，哪怕没有任何可供确诊的依据。

“要死了。”美绪低声说。

1 开业医师：在日本，将自己经营诊疗所或医院的医生称为开业医师；与之相对的是受雇于医院的勤务医师。

我用针刺进胸腔，手上有种贯穿肌肉的感觉。空气没有引出来。还没有引出来。再深就要刺穿肺了。突然，针孔里传来风声，是空气。我慌忙换上注射器去抽肺里漏进胸腔的空气。里面不知道存了多少，抽了好多管依然还有空气。肋田土色的面庞渐渐恢复血色，但还是不能说自己找到了正确的答案。

“终于稳定了。”

这话有一半是说给自己听的。旁边的男人放了心，倒在长椅上，脸色煞白，眼睛上翻。我抓住他的手腕，摸到的脉搏很微弱，显然不是脑贫血之类的轻微疾病。解开他宽大的外衣观察，只见腹部异常肿胀，不知道是不是内部在出血。

一边后悔刚才应该给他做个简单检查，一边将点滴开到最大。除了止血没有别的救助手段。盘腿坐在地上撕开他的衣服，只能在无麻醉的情况下动手术刀了。不含氧气的黑血喷涌出来，然而再没有别的事情能做。呼吸变成抽动下颚的动作，最后停止了。

终于赶到医院的志信看了一眼，脸上似笑非笑地说：“真厉害啊。”简直就像被我弄出的尸体一样可怕。但是死并不可怕，尸体才可怕。

头发花白的警官来了。

“死者是开车的，因为是事故，要送去大学医院解剖。”

我点点头。不过仔细想来警官应该不是征求我的意见。肋田微微睁开眼睛看看志信，低低地问了一声：“他呢？”警察和志信都没有回答。

“美绪的妈妈也死了。”

美绪站在房间的一角。

美绪抱怨说早餐的鸡蛋半生不熟，不想吃。炸肉饼也是戳来戳去弄得黏黏糊糊的。我终于忍不住训斥说“那就别吃了”，她默默地用小小的筷子扒拉完了汤，泪水在眼睛里打转。

吃过饭，我看到美绪又要从处置室往院子里拿什么东西。有点担心是不是放了钳子和剪刀的脓盆，我追了出去。她把一个黑乎乎的小东西放在地上，蹲在自己的花前面。

“藏什么呢？”

美绪捡起那东西要逃。

“给我看看。”

强行掰开她紧握的手，里面是颗牙齿。

“我掉的牙，要埋起来。”

“你自己的？”

美绪用力点头，张开嘴让我看，掉的是小臼齿。

“下回长出来的牙就要用一辈子了。”

我帮她擦掉手上都钻进指甲的泥巴。美绪抓着裤子，用手指向玫瑰，花芽绽放出蓝色的花。我从没见过蓝色的玫瑰。

过了一周，我请正一来看玫瑰。“说是蓝色，其实更近紫色，”正一说，“我那边也种了蓝月亮之类的品种，不过最多也就是淡紫色。原本就没有蓝色色素，杂交也没用。哪怕用流行的转基因技术使其制造出蓝色色素，种出来的还是淡紫色。不过话说回来，除了白色，野玫瑰能有这个颜色还真罕见，也算是畸形吧？”

畸形这个词被正一说了好几次。每次说的时候，我都有种不明所以的不安。

肋田基本上没有和我说起过事故的事，是失去那部分记忆了吗？门诊结束的时候，吉田和矢野来了，据说是从警察那里知道了肋田的经历，得意扬扬地说：“被我们猜中了。”听说在事故中丧生的是与核医学相关的研究所职员，没能救活他让我很愧疚，保险费申请手续也没办完，不过两个人感兴趣的是“核”这个字。镇上十年前曾经有过设立核废弃物储存设施的计划，后来被取消了。镇政府门前的公告牌上写的“无核化宣言和平都市”，似乎就是因为这段往事。矢野当时是反对派的急先锋，旧事重提让他十分兴奋。吉田说：“肋田在这儿长住，比如选上镇长什么的，要招揽企业还不简单？”矢野连声说“是啊，是啊”。

“温泉勘探的时候发现岩石层很厚，电力公司也跟过来了，”志信也加入谈话，“据说核能发电站要在不受地震影响的坚实地方才能建。”

事故发生在勘探地点附近，是预先看场地吧。他们几个兴致勃勃地推理，不过我觉得有点难以相信。我更介意的是肋田房间里的药瓶和气罐。

“你们之前看到的是什么瓶子？气罐是什么样子？”

“嗯，好几个茶色的瓶子，气罐像是放大的银色水壶，大概有这么高……”

吉田把手放到腰部的高度比画。这个高度不像是一般的气罐，更像储存液氮的液氮罐。

傍晚时分开始处理掉落山谷的汽车，我去看了。工作人员把大起重机上的几根钢索钩到汽车身上。虽然状态不太稳定，不过还是轻松晃动了汽车。只是车顶严重变形，很难保持平衡，经历几次失败后，起重机终于把严重破损的车体吊到了山路上。工作人员让我去看看车里还有什么剩下的，我去看了看，仪表盘上面有本旧广告册，里面是在山路上闪亮飞驰的新车照片。在橙色“实现未来”的文字旁边，有一条从“未来”引出的线，用圆珠笔写着“送别过去”。

我离开汽车往回走的时候，身后突然传来砰的巨响。回头去看，只见残存的车体开始一点点后退。明明不是陡坡，汽车却越退越快，直直冲下舒缓的弯道，保险杠擦过白桦树，掠过黑漆漆的大树，消失在视野里，像是被山谷吸进去一样。我站在山崖边上小心翼翼地往下看，只见底朝天的汽车车轮正转个不停。

“没辙了。”有人说。

回到医院，大学医院来了电话，说是在男性身上发现轻度的骨髓机能不全，大约是脾脏出血的诱因。主要死因是脾脏破裂，骨髓机能不全在尸体鉴定书上不做任何记载。

灯光下，美绪在院子里撑着黄伞，正用指甲弹野玫瑰的花，而别的玫瑰都过了花期，在秋雨中纷纷凋落。野玫瑰淡紫色的花朵格外显眼。

“快谢了吧？”

“怎么了？”

“这么觉得。”

“开得还很好呀。”

美绪随口应了一声，坐到长椅上，低头揪下毛衣上的蓝色、红色、黄色的毛球，吹去风里。毛球没有飞多远就落到地上，被风吹散了。

完全恢复了的肋田被美绪领来看淡紫色的玫瑰。

“肋田，你以前在制药公司做什么？”

肋田没有回答这个问题。我没有再问。

“放射线照射会增加突变的风险，医院的 X 光片也有关系吧。”

像是仔细想过之后才给出的回答，我不知道他是不是故意这么说的，也不清楚他是不是特意选了“放射线”这个词。我回答说以前有段时期 X 射线照射标准是乱定的，可能那时候有过泄露。不过肋田的兴趣似乎已经从那里转开了。

“为什么人类总喜欢培育出蓝玫瑰之类的异常的东西呢？事实上，无论是理想还是异常都一样，人类只是对稀有的东西心生敬畏而已。”

你这话说得好像自己不是人类一样，我本想这么说，不过还是没说。忽然一个念头闪过脑海，肋田是不是被放射线照过？核裂变也是异常状态的一种吧？园子里的灯关了，玫瑰在夜风中摇曳，毫不关心自己是淡紫色还是蓝色。

早晨我在窗户玻璃上看到了形状复杂的霜痕，树木散发出的水蒸气凝成的冰霜摹写出枝条的形状，呼气后它又消失得无影无踪。有人喊了一声大夫，我抬头去看，本应该在大学医院住院的松本穿着睡衣站在那里。她是坐正一的大篷车来的，睡衣下摆探出的脚踝瘦得不可思议，让人怀疑是不是还能走路。她之前也有轻微咳嗽，现在又加重了，说是肿瘤转移到肺部，压迫了气管。

据说她向大学医院的医生诉说自己呼吸困难，但是医生只让她继续化疗，后来在彼此不信任的激化下，双方差点吵起来，于是她就回来了。翻开委托书，只见描述这一连串经过的文字中夹杂着“自作主张”“说了不听”等词句。不知道是医生没有认真听松本的话，还是松本没有认真听医生的话，也可能是两边都没认真听。

松本说自己吸不进空气，腿又痛得厉害。她说的时候一直苦着脸。我觉得 X 光片拍出的肺部影像并不能解释呼吸困难的主诉，不过也没有确切的根据。松本说不想再做检查了，她在大学医院大概也是个难对付的患者。

总算说服她去市立医院做了个造影 CT，肺动脉中显出圆圆的血栓。我告诉松本不是癌症转移，而是血栓造成了呼吸困难。松本大骂大学医院的主治医师，说他不听自己讲述，也不仔细看片，甚至用上了“庸医”这个词。然而即使夸我是名医，其实也不过是反作用而已，松本曾经也选了大学医院。不仅是松本，每个患者都自然地将自己视为特别的存在，而医生不得不将之平等对待。

我小心翼翼地给松本试用血栓溶解剂，同时在担心出血的副作用。不知道是不是见效了，三四天之后松本呼吸急促的症状好了许多，早上查房的时候也显出笨拙的笑容。虽然除上厕所外还不能步行，不过她总会向跟在我身后拉着白大褂下摆的美绪询问外面的样子。她坐在床上，往脸上因为化疗而出现的斑点涂雪花霜。

“那个，松本阿姨，野玫瑰还开着，其他的花都谢了，结了红果子，这么小。”

美绪用自己的食指和拇指做了个圆圈。

“果子里面有种子，种下去就会发芽哟。”

“可是正一叔叔说，玫瑰种子不太会发芽。还是要扦插吧？”

“扦插？啊，扦插啊，这个阿姨很拿手。帮你弄？”

“嗯。”

“那你去找一棵你最喜欢的，剪这么长一条过来。”

美绪拉我去园子里找了一条大约50厘米长没有花的枝条，问了好几次：“这条可以吗？”然后才从上面剪了20厘米左右。

松本在床上挺起背，把细枝浸在洗脸盆的水里，小心翼翼地剪成四根，然后在床头柜上的广口花瓶里填上土，把枝条插进去，再把周围的土夯实。

“喏，简单吧，”松本笑着说，“很快玫瑰的孩子就会长出来哟。”

听到这话，美绪的眼睛瞪得不能再大了。

看到松本笑嘻嘻的样子，我一下子脱口而出：“要不要再做个化疗？有种新药效果不错。”我当然不会忘记TS-11的强烈副作用，不过同样也忘不了它的效果。既然乳腺癌用普通抗癌剂都能见效，用这个也许能够根治。

给过去的负责人打电话要一个疗程的时候我感觉自己很卑微。电话那边爽朗地回答“当然没问题”，然后又略带讽刺地说：“托您的福，从那之后没有严重副作用的报告。”

办理具体手续的时候，看到一个子公司的名字。那是死于交通事故的男性曾经工作过的研究所。我报出他的名字，对方说“那可真巧”，又说不知道和自家公司有什么关联，没有什么兴趣的模样。

但就在第二天，不知道这回是不是真有肿瘤转移到肺部堵塞了气管，松本的病情再度恶化。这种状况无法使用抗癌剂。如果让父亲看到，大概又要说能治的就治，治不了的就治不了了。松本气喘很严重，只能微笑，无法说话。她除了上厕所，基本整天都躺在床上，一边听美绪描述园子里的情况，一边发出咝咝的呼吸声，简直像是美绪在哄她睡觉。纷乱的头发埋住脸庞，她隔着沾染雾气的窗户望着朦胧的山峦，低声呢喃说“好想去啊”。因为严重缺氧，喊醒她也说不成话。她呼吸急促，咳嗽不止，泪水悬在眼角，像是要在床单的波浪中沉溺一般。

松本让美绪打开窗。美绪踮起脚、挺直背，总算拨开了插销，她把玻璃窗推得大开，连自己都差点往前倒。外面传来风穿梭过山林的声音，风越过白色的窗帘融入房间。好香啊，松本低语的刹那，脸庞仿佛恢复了生气，她终于做了一个深呼吸。红色、黄色的枯叶夹杂其中乘风飞入，明明还不是落雪的季节，不知从哪儿已经传来了静谧的雪之气息。受刚开始用的镇痛剂的影响，松本醒来时的呻吟声一直传到门诊处。我慌忙跑去病房，只见松本微微睁开的眼睛里眼珠在转。她随后又用嘶哑的声音艰难地说“还没死”，对我露出笑脸。

好痛好痛，松本的肩膀颤抖着，呻吟不已，她抓住腿指给我看。我给她拍了X光片，只见大腿骨上有条长长的裂纹，癌细胞转移到腿骨了。看漏了肺部血管堵塞的大学医院的医生，和轻视腿部不协调的自己，有什么不一样呢？

给松本治疗的时候志信把美绪赶了出去。但在我出门去门诊接待其他患者时，我迎上了站在门外的美绪的视线。她刚才在看从尿道插入导管的操作。

“怎么了？去那边了。”

看到她还站着没动，我有点生气地催促她“快点”“干什么呢，磨磨蹭蹭的”。

“头痛。”

又像是在找借口。我抱起美绪，她从白大褂的胸前口袋里拔出圆珠笔，咔嗒咔嗒地按。

“下来。”

她跑了，坐到长椅上晃着两条腿盯住野玫瑰看。我来到走廊，告诉正一松本只剩几天了。

“我知道没希望。不过亲耳听到还是很难受啊。”

正一双手紧握，疲惫的眼角渗出预知未来的悲哀。

天亮的时候周围热闹起来。许多小队架了帐篷支起天文望远镜。这么说来，今天是流星雨来的日子，可是天空阴沉沉的满是云。

“大夫，给我做对乳房吧。”

在辛苦的呼吸中，松本这样说，那是查房时候的事。我回答说现在正在使用血栓溶解剂，实施乳房再建手术会很危险。正一也在旁边吃惊地说：“别闹了，都这样了。”但是松本嗓音嘶哑地反问了一句：“怎么样了？快要死了？”正一噎住了。

云压得低低的，山里升起了雾气。我摊开蓝色的防水布，在床旁做了简单的术野[1]，然后拆开硅胶的包装，那是下午刚从材料商那边快递送来的。充当助手的志信宣布手术开始，局部麻醉后开始动刀。追着刀刃涌出的血液发黑，明显没什么氧气。

如果手术拖太久，出血量太多，将会导致呼吸恶化。不能因为偶尔发出的呻吟声停下动作。仔细和迅速这一对二律背反的要求让我拿刀的手微微发颤，更难保持正确。分开皮下组织，终于腾出一个差不多可以放入手掌的空间。像是藏东西一样塞进硅胶，拿后背的皮肤做补丁缝好。我自己也不知道是不是牢固，不过撑几天应该没问题。我用酒精擦掉乳房上缝缝补补留下的血，让松本自己看。她只低低地呢喃了一声“真漂亮”。

从下起瓢泼大雨的时候开始，松本的血压就一路下降。我慌忙使用升压剂也没有效果，她的呼吸异常急促。我赶紧检查

1 术野：手术时视力所及的范围。通常手术之前都要进行皮肤消毒，后用无菌消毒巾将手术不涉及的部位遮盖起来，将手术时需要暴露的部位留出来，这部分即为术野。

垂在床边的塑料包中的尿量，测量体温和脉搏。

在重重的雨声中我问："难受吗？"

"抱我。"松本用嘶哑的声音这样说。

"抱我。"

她又说了一次。我将插在口袋里的手拿出来，正要揽住她的肩膀，她却用自己的手包住我的手放在她的胸上。被满是褶皱的热热的手压住，隔着薄薄的睡衣传来乳房柔软的触感。那是我做的胸部。从那里传来狂烈的心跳，几乎像要跳坏了似的。

"没事的。"

听到我的安慰，松本浮出平静的微笑。我对她说会用TS-11尽可能把她治好，然而此时此刻，对于快要被死亡不安淹没的人，我却连拥抱一下也做不到。被松本的笑容怜悯的我，向她寻求的不是活下去的勇气，而是面对死亡的勇气才对。

吃晚饭的时候没看到美绪的身影，我找来找去发现她在松本的病房里。美绪张开小小的手臂抱着松本，将自己的头埋在她的肚子上，仰望着她。

我静静地看着美绪将我做不到的事情做得那么自然，雨后夕阳映出的淡影将两个人融在里面。我只能一直看着。

再有一会儿流星雨就开始了。病房里，松本握着正一的手眺望窗外的天空。

雨云散去，剩下薄薄的带状云朵层层叠叠，在皎洁的月光下闪闪发亮。

流星雨的时间近了。第一颗流星刚刚飞过，错过的人便喊着“在哪儿”“在哪儿”，分不清是欢声还是哀叹，也有人怒吼“就在那儿”。第二颗流星划过，这一回响起了拍手声。可是足足看了一个小时，直到十一点才只有稀稀拉拉的流星飞过，与事前预测的“下雨般的流星”大相径庭。身体颤抖不已，不仅因为冷，我离开病房，看到正在用望远镜观察夜空的肋田，走了过去。

“没有流星雨的感觉啊。”

“可能白天的时候主要部分已经下过一场了。不管怎么说，下一回要到五十万年后了。”

“那时候还有人类吗？”

“如果时间的流速变快的话，人类的时间大约也就变短了吧，”肋田盯着自己的手，半晌才继续说，“有个死于癌症的朋友，临死前一直都说很痛苦。他给了我一张玛丽莲·梦露的照片。照片上玛丽莲·梦露穿了一件大红裙子，在敞篷汽车前面摆造型。我原本把它装在相框里收藏，但是在黑暗中看的时候总觉得像是遗像，最后还是扔了。后来我就经常看到幽灵，有时候是耳鸣一样的声音，有时候是红白色的火焰，有时候感觉有人抓我的头发和肩膀……也许是错觉。大概是错觉吧。可是我总觉得，只要找到白洞，幽灵可能就不会再出现了。”

肋田沉默了。

“你知道 TS-11 吧？”我忍不住问。

“那是革命性的新药。不过一旦推广开使用，副作用肯定会成为问题，尽管很罕见。”

肋田的脸有些发红。

“有个 IT 公司请我做新市场企划的时候，我读了大夫的论文，觉得很有商机。”

“基因就是钱啊。”

“今后会是吧。”

“我不会交出我妻子的组织。因为……否定科学的时候，有种无法言说的感觉，像是发自心底的愉悦。”

肋田又沉默了一会儿，低声说：“科学的副作用只能靠科学消除。”那不是在征求我的同意。如果基因真是自私的，可能人类早晚会自相残杀。

有人放起了烟花，是在嘲讽错失期待的流星雨吗？不合季节的烟花发出咻的声音，划出一道白烟，在黑暗中发出啪嚓的好笑声音炸开。接下来便是与往日并无二致的、和流星雨毫无关系的夜空。舒适的晚风拂过脸颊，云朵缓缓飘移。

“山那边吹过来的风吹到哪儿会消失呢？”

“不会消失的，”肋田回答，“只会变成另外的风。”

“最早的风是从白洞吹出来的吗，如果有的话？”

“白洞是有的，也许是像白天的流星一样，存在于我们看不懂的虚数的时间轴中。但它肯定存在于某处。因为如果没有白洞，星星迟早全会爆炸，宇宙就只能在无限的黑暗中无尽伸展了。”

“你接下来做什么？”

肋田没有回答这个问题。他心中恐怕有和我同样的不安。

直到今天我还常常想起从前忘交作业的事，可是连出题的老师都记不得了，连该把作业交到哪里去都不知道。但愿肋田说的连他自己也不知道的时间真的存在吧。仰望夜空，我发自内心地祈祷。哪怕自己不知道，只要太阳还在进行核裂变，基因突变还在进化中发生，也就满足了。

天空中传来砰的声音，可以看见银色的飞机机身。云朵遮住月亮和飞机的一刹那，无数的星星浮现出来，仿佛是从肋田的白洞中出现的一样。

山上的天气瞬息万变。一共只看到二十多颗流星，雨云再度飘来，下起淅淅沥沥的雨。喧闹声告一段落，松本的意识迅速消失，正一守在她身边。

我来到玫瑰园。夜晚冷冷的空气缠在散发水蒸气的肌肤上，北国之秋徐缓地推移。我再一次环视周围，除蓝色的畸形玫瑰外，玫瑰的一年已经结束了。忽然间我感到黑暗中有什么在动，长椅下有个黑色的东西，是个有如陈列品那么大的蛤蟆，不知道是不是被雨水诱出来的。它身子一动不动，疙疙瘩瘩的皮肤上睁着两只深深的眼睛，正在看着我。随后它重重跳了两三下，咔嗒咔嗒地钻进野玫瑰下面消失了。

病房里传来志信的呼唤声。我跑过去，松本已经停止了呼吸。消瘦的脸颊上，绿色面罩里正在嗞嗞地漏出氧气。正一在床旁握着她浮出老人斑的手，摩挲着她软绵绵的苍白脚掌。掀开被子，我将听诊器贴在渗出冷汗的胸口上，翻开已合上的眼睑，检查扩大的瞳孔，用小手电筒照进去看反射，没有反应。心电图是一条直线。看看手表，我简单地向正一告知死亡时刻。挂钟和我的手表差了三分钟，然而哪个都已经不是松本的时间了。

窗外，由地平线开始发白的清晨亮光让月亮显得稀薄，再有一会儿就会融化在朝霞中。不知是不是听了肋田那番话的缘故，在与薄暮难以区别的暧昧光线中，我仿佛感觉到自孩提时代开始死在这里的无数人，连同那个死于交通事故的男子，都围在松本的身体周围，静静凝视着她。走廊也好、窗外的庭院也好，都有无数的死者围着自己。但那并非毛骨悚然的感觉。他们只是淡淡地、极其普通地存在着。

我把几个小时前将我引到胸口上的那只手放回胸口摆好，她的身体已经有些僵硬。正一从合上的衣襟伸进手去，无数次摩挲造出来的乳房。每一次呼吸之间，无能为力的艰辛像是危险的渣滓一点点在身体中堆积。站在窗前的时候，走散的一颗流星从天空最高的地方划过。我从未见过那么明亮的流星，残影久久不散。和五十万年相比，人生只是短短的一瞬吧。啊，不，说反了。没有自己的五十万年，才只是短短的一瞬啊！

尸体处理结束的时候外面的天已经大亮了。我赶在门诊患者到来之前喊美绪起床，让她最后见一次再不会睁开眼睛的松本。窗户外面照进来的柔和而渐强的日光落在松本的脚上，血液停止流动的苍白的手上黏着黑色的血渍。

“刚才园子里有猫。”美绪说。不过我知道她在说谎。志信说：“喜欢的人一个个都不在了呀。”她只是默默听着。

志信将脸上覆的白布取下。

“告个别吧。”

美绪小声呼唤“松本阿姨”。我以为她要去触摸那满是皱纹的僵硬脸颊，她却猛然推开房门飞奔出去。志信重新给松本的脸覆上白布，将她垂下来的手放回胸口之间的时候，美绪以龙卷风的势头跑了回来。她右手拿着一簇蓝色的玫瑰花，将那花小心翼翼地放在松本的枕边。

“把松本阿姨放进箱子的时候，也把花放进去哟，一定、必须要放哦。”

她抬头盯着志信。那窥探神色的天真表情中，透出小聪明。

“松本阿姨会很开心带走它的，肯定。”

志信蹲下来抚摸美绪黑油油的刘海。打开的窗户外吹来干爽的风，鸟儿高声鸣叫，声音忽远忽近，像是耳鸣似的，忽然间消失了。

“死了的话，人会变成什么呢？”美绪说。却不是向在场的谁问。

“变成星星哦。”志信回答。

“那，大家都死的时候，天就会变亮了？”

“是啊……大概就没有夜晚了。”

志信静静地说。隔壁房间传来金子磨牙般的咯吱声，像是要嚼碎什么东西似的。最近经常听到这个声音。

暖到近乎异常的日子在继续，不久，医院旁边的山樱开始疯狂绽放。伤口依旧在流脓的吉田说山上看到很多猫的年份常常会有异常气候，即便如此也不记得樱花曾在这个季节开放过。原本还只开了三分之一，一个晚上过去就全盛开了。出乎意料的樱花让镇上的人交口称赞，不过也有人担心来年春天是不是还能看到樱花。

查房之后，隔着窗户眺望樱花的时候，我听到从东京来的金子的妹妹用责难的语气对那个儿媳说：“怎么让她在这种地方住院？”

“因为去哪儿都治不好。”

很少见的生硬语气。金子的妹妹丢下一句“真是冷酷”，就回去了。追着她从病房出来的儿媳看到我，尴尬地嘟囔说：“照顾病人久了，就和医生的看法接近了。”

“大夫，能问您个问题吗？”

“嗯，请问。”

“以前像癌症之类的疾病不会告诉本人，现在为什么变了呢？”

病人有知晓的权利，我本想这么回答，但还是放弃了。什么都没有变。

松本病房里不断浇水的扦插枝最终没有长出根来，就那么枯了。据正一说现在季节不对，松本那是老糊涂了。我把枯枝拿在手上，来到园子里，将四根枯枝一根根排在蓝色的花前，一边用拇指和食指揉开，一边将干燥枯枝变成的粉末撒在土上。枯枝的黑色棘刺戳到了中指，渗出血来。我用小镊子捏住皮肤外面的一头往外一拔，幸好没有断在里面，顺利拔了出来。可还是有东西在里面一扎一扎的感觉。

蹲下来检查枝条弹力的时候，中指还是刺刺的，可是怎么检查都没看到棘刺，也就对异样感无能为力。云朵缝隙间洒下炫目的日光，在斑驳中摇曳的树叶上还有夏日的余痕。季节在缓缓逆流，花瓣轻轻一触便轻飘飘地坠落。早已预定要在一定时间内死亡的根部细胞死了，血液中的白细胞也同样在不为人知的情况下死亡。在活的生命中发生死亡的矛盾该如何解释才好呢？不，是没有解释的必要吗？植物之所以活着，就算是为了在短短的时期内开花结果生产种子，也只是为了延续自身，没有别的目的吧。

不知何时，美绪背着双肩包站在了我身后。

“做成干花吗？”

对于我的问题，美绪用力摇头。

“为什么？”

“没什么为什么。”

我明白这是在模仿我一贯的语调。我把花固定到她的发饰上，与顺滑的黑发相映成趣。美绪露出笑脸，说了声“我去照镜子”，跑去家里，没过一会儿又跑回来，从小小的口袋里拽出一个塑料袋，小心翼翼地递给我。

“松本阿姨给的。”

袋口用订书针封住，里面放了三粒黑色的种子。一粒剥了皮。

“这是什么种子？”

“不知道。松本阿姨说春天的时候会开花的。”

我不知道现在种下去是不是合适，不过反正还有樱花在这个季节开的。我把枯萎的玫瑰拔出来，弄出一小片空地，做了个小小的围栏，用手指戳出小小的种穴，一个种穴放进一粒，把土盖在上面。美绪跑去用手从水龙头接水来浇，水大多从指缝里漏掉了。

“起雾了哟。”

美绪大声说，向山里乘风而来的雾气跑去。海上吹来暴风雨的气息，薄薄的雾气转眼间笼罩了整个庭院。欢闹的美绪额头上隐约浮现出红色的伤痕。

阿布萨尔特评传

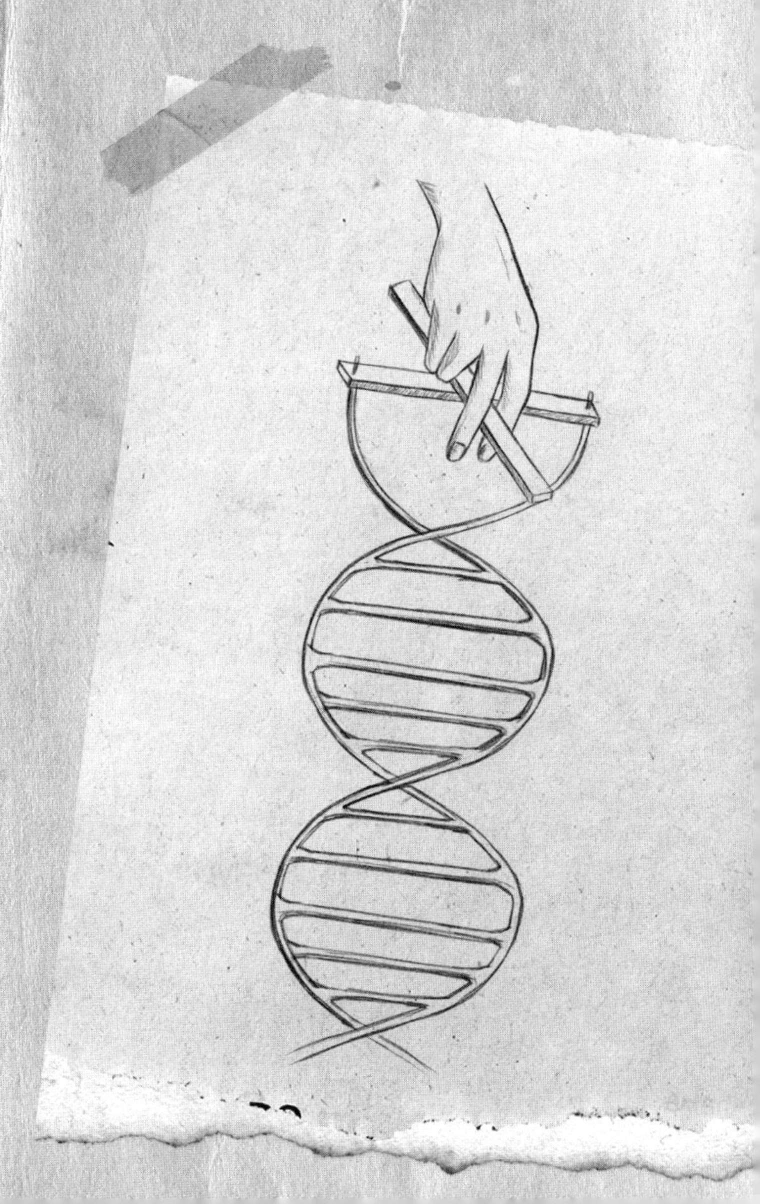

我对阿布萨尔特的实验产生疑惑，是从自己做实验时出现的一些小错误开始的。阿布萨尔特说："伟大的研究多半都源于失败。"从这个意义上说，我的发现大概也能称为伟大吧。那天阿布萨尔特去参加周日的弥撒，原本说是下午回来，但过了中午也没见他回实验室。和他约好一起进行蛋白质的提纯，结果只能自己开始。实验做到一半，我想起前一天用完放射性同位素之后可能忘记把它放回冰箱了。在常温下同位素很容易分解失效，但是放射性物质实验室星期天是禁止进入的，只有具备权限的ID卡才能开门。我想起阿布萨尔特有进入的权限，于是去他的桌上找，只见ID卡就那么毫无遮拦地放着。反正也是他不好，我决定临时借用一下。进到实验室一看，试剂果然丢在实验台上没收拾。虽然多少有些分解，不过只过了大约13个小时，应该还能继续使用。我把试剂放进冰箱，然后取出盖革计数器检查实验台有没有遭受放射性污染。哔哔的无机声响起，间隔的长度显示只有背景辐射，没有污染。我无意间转过头，却看见旁边阿布萨尔特的实验桌上放着透明的四方凝胶。

这块凝胶是会散发放射性元素的，他竟然也会忘记收拾，真是少见。他是打算弥撒结束回来收拾吗？要么是因为星期天反正没人会进实验室？不管怎么说，这家伙平时教育人的时候最喜欢没完没了地唠叨，轮到自己反而不守规矩——带着这样的心情，我打算顺手检查检查实验室里的其他地方有没有污染，结果偶然把盖革计数器对到凝胶方向的时候，机器发出奇怪的鸣叫声。阿布萨尔特用的应该是磷的同位素，但计数器的鸣叫声让人感觉那里面明显还有别的东西，比如铀的化合物。

我查看了阿布萨尔特自己写的实验室使用记录，里面也只记载了用磷酸化合物的放射性同位素进行实验。为什么写假的实验记录？这个疑问在我把用过的ID卡放回阿布萨尔特桌上的时候得到了解释。桌上有一张X射线照片，照片顶部写着昨天的日期，条带旁边写的是新提取出的酶……我立即断定那是用刚才的凝胶造出的假数据。与此同时，我也明白为什么其他研究者都不能成功重现阿布萨尔特的实验。很简单，因为这个实验是捏造的。号称实验之王的阿布萨尔特之所以总霸占着实验室不走，恐怕也是因为担心自己不在的时候被人撞破他捏造实验数据的事实。

要不要将自己发现的事实告诉其他人，我犹豫了好几天。我自己挺喜欢阿布萨尔特这个人，至少比起有些老板，比如那种霸占下属的研究成果，将之作为自身业绩发表的人，他在这方面的表现令人满意。思来想去，我选择了向阿布萨尔特直说。

“你怎么看待科学家伪造数据的行为？”

我没有任何客套，直接向正在喝午间咖啡的阿布萨尔特丢出这个问题。让我吃惊的是，阿布萨尔特连眉头都没有皱一下。

“有人说就连牛顿和伽利略都伪造过实验数据。而且让人遗憾的是，那些人的指责恐怕都是真的。还有最早提出基因这个概念的孟德尔，一般认为他给出的豌豆数据太完美了，十有八九都是统计学上的创造，但孟德尔的理论没人怀疑。”

他回答的语气中透着一如既往的诚恳。

“即便如此，伪造数据也是对科学的背弃吧？”

“你读过二十年前《自然》期刊的论文吗？按照现在的标准去看，那里面有很多都是假的。不仅《自然》期刊如此，十年前、二十年前的一流科学杂志上发表的内容，如果以现在的标准衡量，许多都是错的。照搬事实而得出错误结论的论文，和虚构事实但结论真实的论文，你觉得哪个更有价值？结论真实的论文，又该如何鉴定其数据的真伪？从事科研活动的天才，与其说擅长科学地思考，不如说直觉更为出色。对他们来说，真理是严肃的存在，但证明真理的数据未必需要百分之百真实。伽利略在他的著作中写了许多思想实验，实际上有人认为伽利略并不喜欢做实验。从某种意义上来说，他根本不需要实验证明，数据只不过是为了说服那些愚人的便宜之计而已。最重要的是真理被视为真理，至于如何去认识真理，那并不是问题。”

阿布萨尔特热情洋溢地说。

“科学要在科学中完成独自的进化，人类也要在人类中完成进化，两者互不相容。因为科学原本是炼金术啊。说不定孟德尔从没在房间的窗户旁边种过豌豆呢！”

确实，他的话让我感觉就算描述的不是事实，只要结论是真实的就没有问题。

“你所寻求的结论只是自欺欺人吧。哪怕不能通过演绎预测下一步，只要从最后倒过来推算，能在结论中找到一种偶然存在的必然性，就心安理得了。这也太自以为是了吧？”

阿布萨尔特一贯的爽朗笑容让我觉得他有些目中无人。嫉妒的种子开始在我心中发芽。他太自信了。也许他的确是个天才骗子，但骗子也该有骗子的自觉，良心怎么能不受半点苛责？我心中隐约生出一股愤怒。

我申请和老板斯图尔特面谈，他连写字的手都没停下，显示出不能浪费宝贵时间的态度。那时候，我有一种感觉，仿佛身为凡人的我之所以采取这个行动，只是为了在面对天才阿布萨尔特时能有些许微不足道的优势。

“上周日……”

我像是高烧呓语一般，将自己的发现原原本本一股脑儿全说了出来。斯图尔特一开始根本没有搭理我。我出示了快要融化的凝胶作为证据，袋子外面写着实验者的名字。斯图尔特叫来助手，让他验证凝胶里含有的放射性同位素是不是铀，并且去给新的 X 射线胶片感光。结果我从垃圾箱里捡回来的凝胶所产生的感光胶片条带分布，和阿布萨尔特当作最新数据提交的 X 光片条带分布完全一致。到这时候斯图尔特才终于变了脸色，慌忙喊来阿布萨尔特并冲他怒吼：“到底怎么回事？”

“可能实验的时候弄错了同位素种类。”

阿布萨尔特艰难地找了个借口。在场的每个人都很清楚，这并不能成为使用铀元素制造出相应条带的理由。

“井上怀疑你。我给你四周时间，你当着井上的面再做一次提纯酶实验。如果做不出来，那只能请你离开这个研究室了。”

对于斯图尔特的严厉命令，阿布萨尔特报以轻松的微笑。

“虽然不知道井上为什么怀疑我，不过要洗清嫌疑，四个星期足够了。”

他满是自信地说完，转身走了。

“所有科学家都是在假定上帝存在的前提下进行研究的。”

阿布萨尔特一边对我这样说，一边用限制性内切酶切开某个DNA，将之与另一条DNA连接。

“人类在超越已知领域、挑战未知领域的时候，必然要首先假定未知领域中存在着合理的秩序，否则根本无法迈出下一步。但是能决定合理秩序的主体并非我们人类，只能是绝对的他者，也就是上帝这一存在。换句话说，我们需要暂时从上帝的视角去俯瞰未知领域。”

我沉默无言。

“许多人相信DNA等于上帝的理论，不过你知道DNA犯的唯一错误是什么吗？”

他刚刚抛出这个问题，便又自己给出了回答。

“那就是它创造出像这样把它切来切去的人类。”

阿布萨尔特的脸上露出令人不快的笑容。

从他口中听到“上帝”一词的时候，我想起当时人气高涨的 F1 车手艾尔顿·塞纳每次接受采访时都要说的话：“上帝引导我奔驰。”

在网上打开医学论文检索系统 MEDLINE，输入单词“MAP Kinase Kinase”——这是细胞信号转导的关键物质——画面上就会出现无数论文。排在最前面的是艾利阿斯·阿布萨尔特发表在《科学》期刊上的简短论文。他以该物质的第一发现者的身份列在上面。论文中提出的“磷酸化酶的多米诺（级联）理论”，被《华盛顿邮报》评价为“极为新颖的发现”，据说单凭这一项业绩便足以荣获诺贝尔奖。而且阿布萨尔特当时还只是 20 多岁的大学研究生，这一事实更让全世界的学者震惊。

癌细胞是繁殖能力旺盛的细胞。早在 20 世纪 80 年代上半期，人们便已经从癌细胞中分离提取出了多种致癌基因。把致癌基因注入正常细胞，正常细胞会显出癌细胞的性质，人们通过这种方法逐一认定新的致癌基因。所有这些基本上都属于所谓的信号转导系，与一系列信息连锁有关。细胞分裂增殖的时候需要生长因子，生长因子与细胞表面的受体相结合，引发细胞内的某些变化，并一直传递到细胞核内，促使染色体分裂。人们相信磷酸化酶在这一过程中承担着重要作用，但并不清楚具体的作用方式。然而阿布萨尔特突然向全世界提出了磷酸化酶的多米诺理论。存在着将磷酸化酶磷酸化的酶、将磷酸化磷酸化酶磷酸化的酶……依次类推。通过这样的方式，酶以连锁的形式参与到细胞内信息传递的过程中。这一划时代的假说可谓横空出世，在它之前没有任何类似的理论，完全是由阿布萨尔特独立提出的。当初阿布萨尔特只给出了多米诺过程中一个关键产物的提纯报告，不过他预见到还有许多关键产物，因而给它起名为多米诺理论，这不得不说是极其深刻的洞见。多米诺理论不仅限于细胞增殖，它也提示了在细胞凋亡之类的其他细胞内信号转导过程中存在级联系统的可能性，因而得到广泛的高度评价。

我作为留学生的研究课题是癌细胞的增殖和转移，大概可以算是研究所里与阿布萨尔特关系最亲密的一个人。在所里，阿布萨尔特被称为实验天才或实验鬼才，除了去运动俱乐部或者做弥撒的极少时间，他基本上都睡在所里，一门心思搞研究，确实是鬼气逼人。他来到这个研究所仅仅半年，就抽中了“多米诺理论”的头彩。许多制药公司纷纷扑向这一研究成果。以前助手常常批评说他太自私，总是一个人独霸离心机。这一学说发表之后，助手的评价便迅速发生了逆转。研究室的老板斯图尔特是个五十多岁的胖子，从年轻的时候就在酶领域孜孜不倦地搞研究，算是这一领域的知名人物，但并没有什么大的业绩。不过自从以共同研究者的名义参与到阿布萨尔特的研究成果，他也开始频频出席各地学会的巡回演讲，并在演讲中公开表示“研究原型是基于我的想法”。实际上阿布萨尔特完全是根据他自己的想法单独进行实验的，斯图尔特只不过是在研究资金的层面进行了援助而已。不仅如此，他当初还催促阿布萨尔特放弃基于这一“怪异想法”的实验，换一个能够获取博士称号的坚实主题，也算是够目光短浅了。

经常有人来拜访实验室，要向阿布萨尔特学习实验技术，不过也许是因为阿布萨尔特多少有些躁郁的关系，他们对阿布萨尔特的评价往往大相径庭，但每个人都对阿布萨尔特快速而准确的实验操作心悦诚服。我曾经也想偷学他提纯酶的方法，但是乍看上去很简单的步骤，回到自己的实验室却怎么都做不好。我甚至一度怀疑阿布萨尔特是不是有什么绝不向外人道的秘诀。

就在这个时期，阿布萨尔特开始宣称他的目标是诺贝尔奖。

“诺贝尔奖可不会只颁给那些按部就班搞研究的人。如果真有划时代的突破，哪怕只做了一个星期的实验，该拿的总会拿到。另外，就算是拿到诺贝尔奖的科学家，我也不喜欢居里夫人那样的类型。早在她的研究之前，人们就知道放射线的存在，也知道铀矿石中含有发射放射线的物质。她做的事情仅仅是把预想中的物质提取出来，变成明白无误的事实而已。只是因为偶尔对人类有所帮助就给了诺贝尔奖，而且还给了两次，这真是对那个死读书的女书呆子评价太高了。”

阿布萨尔特的语气颇为不屑。他对居里夫人学生时代的苦读故事也很怀疑，就是那个为了读书只靠红樱桃和胡萝卜度日、最后因贫血而昏倒的故事。教师常常拿这故事训斥不好好读书的学生。

“她是故意追求斯多葛式的生活，装成刻苦读书的学生吧。其实她姐姐嫁给了医生，别的不说，一起吃个早晚饭总没问题。可她就是非要那么苦读，梦想压倒其他男生。”

不过尽管阿布萨尔特嘴上这么说，但是他对自己和居里夫人的共同点其实也有清醒的认识。从名字就能看出阿布萨尔特是移民的后裔。他和居里夫人一样，在自我展示的背后有着非常严重的自卑情结。而且我感觉，自卑情结会随着理想和现实的背离越发增强，虽然这种感觉多少有些抽象。无论精神还是肉体，阿布萨尔特对自己都抱有过高的期望，所以总是为现实和理想的不合而烦恼。精神还可以在某种程度上加以控制，但肉体却是束缚他的决定性因素。他想方设法挤出时间去健身馆练习空手道，每天也会去跑步、去研究所的地下游泳池游泳，甚至还认真考虑过去做步枪项目的奥运选手，因为这个项目的竞技人数比较少。我还记得他为了培养肌肉以便让沉重的步枪保持稳定，每天都在面包里撒上蛋白粉和维生素狼吞虎咽的模样。周围的人都很钦佩他的无所不能，然而无论哪个领域都不能成为超一流的状况，对他而言是难以忍耐的事实。尽管换了旁人根本不会有半点苦恼。

阿布萨尔特像平时一样埋头实验，但怎么看都不像有结果的样子，唯有时间在分分秒秒地流逝。

“像这样子杀老鼠的时候，我曾经想过它们怎么看待我们人类。”

阿布萨尔特一边说，一边从笼子里取出实验用的老鼠，迅速在台子上固定住脖子，把药剂从它尾巴纤细的静脉注射进去，宣告那只老鼠将于一小时后死亡的命运。

“它们会把我们当作残忍的独裁者，还是会当成上帝呢？不管当成什么，我们在它们眼里，应该都是绝对的存在。哎，不过，被视为神的人类，最终还是会死的。所以真正的绝对存在其实还是这种纯系老鼠。不管杀掉多少，它们都有备份。所有的纯系老鼠都是同一只老鼠的拷贝，每只个体都有同样的DNA。”

说着他又从另一只笼子里取出老鼠，把老鼠的头塞进装麻醉药的瓶子。老鼠拼命扭动身体，过了一会儿，眼珠翻成浑浊的白色，死了。

“就连它们自己也无法把自己和别的个体区分开来。换句话说，现在在我左右手上的老鼠虽然有区别，但如果放进笼子混在一起之后再抓出来，这两只老鼠就分不出来了。不但你我分不出来，它们自己也分不出来。”

他用剪刀剪开死去老鼠的胸腔，切下肺，把剩下的部分塞进垃圾袋。

“说实话这真是很奇怪的感觉。一边做实验，一边产生尸体，确实很恐怖。我每次想到都会觉得恐怖，如果真的存在一个上帝让我们做这种事情，我想这个上帝真是无比残忍的存在。因为神是在自相残杀，和老鼠一起。”

他嘿嘿地笑了。

到那天为止阿布萨尔特的实验也没有进展。白天的会议一结束，我就被斯图尔特喊了出来。据说阿布萨尔特去了康奈尔大学的埃文斯研究室，那是他以前完成硕士论文的地方。斯图尔特让我去调查他为什么回去，斯图尔特以前和埃文斯研究室因为借细胞的事情有过纠纷，基本上处于互不往来的状态，不过大概我这种留学生过去不会引人注目吧。于是我装作学会归来，去找同为日本人的学生，不露痕迹地打听阿布萨尔特的事。然而从他那里得到的消息却让我无比震惊——阿布萨尔特伪造了自己的学历，他没有获得硕士学位。我为了向老板报告，在解释了来龙去脉、征得日本学生的同意之后，给谈话录了音。

“一年前我就坐在阿布萨尔特旁边，从事癌症治疗的免疫学研究。他和我都是留学生，不过因为他的实验从不落空，很受教授的信任。但是逐渐有传言说在他应该做过脑手术的老鼠身上没有任何伤痕，订购的老鼠数量也远不及论文中所记载的数量，结果后来发现他果然杜撰了实验数据，最终大闹了一场，离开这里去了你们的研究室。他走了之后，我们这里又在观察染色体的时候发现他之前培养的所谓霍奇金病患者的细胞其实并不是人类的细胞。虽然书面通知了这个结果，但没有任何回音。他之所以选择你们的研究室，恐怕其中一个原因就是两家研究室之间存有芥蒂，互不往来吧。”

听到我带回来的磁带录音，斯图尔特目瞪口呆。随后他紧急指示包括我在内的数人监视阿布萨尔特进行实验，同时禁止阿布萨尔特在没有第三者在场的情况下进行任何实验。从这时候开始，阿布萨尔特的提纯实验进展遭遇严重挫折，以前的灵活操作手法也不见踪影，连非常简单的步骤也要花费大量时间，甚至还有直接拿未经标记的提纯蛋白质放在凝胶上的低级错误。不过我也由此察觉了他过去使用的伎俩：他是把预先知道分子量的蛋白质用放射线加以标记，将它与未标记的提纯蛋白质混合之后放在凝胶上。未标记的蛋白质中当然会检测出放射线。

那一天的实验全部失败之后，阿布萨尔特什么也没做，来到实验室的阳台，在我面前喝着啤酒眺望星空。

“眺望宇宙的人类的常识，总在不断变化。在宏大的想象面前，贫瘠的现实只能被慢慢吸收。”

阿布萨尔特凝视着一颗星星，这么说。

“哪怕无法用实验证明，我的理论也是正确的。就算我不在了，只要研究继续下去，这个理论的正确性迟早也会得到承认。上帝不需要证明。身为牧师的孟德尔，他的证明虽然是错的，但结论是正确的，只是在他活着的时候没人承认罢了。诚实、正直、认真……世界上满是轻松方便的词，好像用了这些词事情就能变正确了。但就算因为意见不合而相互攻击、相互迫害的人，本质也未必真的恶劣。真理真正被接受为真理所需的时间，比人的一生所能拥有的时间长太多了，不是吗？所谓真理内含的基本矛盾，只是因为提出真理的人类本身固有的多样性罢了。所以在这个世界上，每天才会有那么多人死去，这与诚实和正直都毫无关系。”

“但是你失败了。”

我不怀好意地这么一说，他想了一会儿才开口说：“人类这东西啊，为了活下去，必须努力扮演自己。我就是为了这个在奋斗。人人都说努力不是坏事，只要奋斗就会有回报，我也一直这么相信。可那只不过是幻想，人类创造出来的秩序都是幻想。顺便说一句，你知道有个愚蠢的理论说人类可以活到200岁吗？在试管中培育的人类细胞大约可以分裂50次，之后就会停止分裂而死亡。换算成人类的年龄，大约就是200岁。个体就算死了，组织还活着。组织就算死了，细胞还活着。细胞就算死了，作为物质的遗传基因还留着。只要知道遗传基因的碱基排列，个体就可以再生。在这个过程中，所谓的死亡到底存在于何处呢？”

我想起之前闲聊时听人说起过好多次的事情：阿布萨尔特小时候乘船遇难，父母双亡。抚养他的外婆也被强盗杀害。不知道这样的经历是否给他造成了创伤，导致他对死亡怀有一种近乎异常的恐惧，让人感觉他是不是想要连死亡本身都抹杀。当然，正常人在夜晚独处时也会害怕自己死亡，但是阿布萨尔特的情况明显脱离了常轨，他好像从来没有摆脱过对死亡的恐惧。他走路的时候，垂在胸口的挂坠就会发出咔嚓咔嚓的小小声音，据说那里面放的是肉瘤组织，是从他16岁死于骨肉瘤的女朋友身上摘取下来的。对于癌症肿瘤这类不断增殖的、不会死亡的细胞，他甚至像是怀有憧憬似的。而解开那些细胞增殖之谜的钥匙，就是磷酸化酶的多米诺理论。

后来记者艾德·哈里森在《时代》杂志上刊登了一篇报道，题目是《不道德的医学研究者阿布萨尔特》。据说报道采访了阿布萨尔特的堂兄弟，他是住在波士顿的大学教师。这里摘录其中一部分。

阿布萨尔特和父母乘船时遭遇海难，只有他一个人获救。虽然得到了一些保险费，但之后又遭遇了外婆惨遭强盗杀害的悲剧。那一年他刚满12岁，家里的亲戚给他许配了一个妻子，名叫基姆。基姆比他大将近20岁，两个人的关系可以说半是夫妻半是母子，所以有段时间他和同学发生过同性恋关系。但就连基姆也在他20岁的时候得肺癌死了。死亡好像一直围在他身边，基姆临死前生了一个女孩，未满一岁也死于小儿癌症。所以他一度得过癌症恐惧症，认为自己也会死于癌症。他想了各种办法住进医院，死缠着医生把他的胃切除了一半，但就算这样还是没有摆脱对癌症的恐惧，于是又进入医学部，从入学开始就进行与癌症相关的研究，努力要做一个癌症专家。在这段时间里，他也有件非常自豪的事，就是在黑市把自己的精子卖给掮客。

可能是因为幼儿时期遭遇海难的经历，他在坐飞机的时候总要在候机厅买些吃的带上去，说是预备飞机坠落的时候作为应急食物。他还操心过更荒谬的问题，比如说该如何对抗技术比人类更先进的外星人入侵，等等。这里还有个插曲。1988年，本·约翰逊在100米短跑中跑出了前所未有的9.79秒的速度——当然那时候还没发现他用了兴奋剂——听到这个消息，阿布萨尔特比谁都高兴，连声感叹人类的能力竟然也能达到这种程度。有人觉得现在反正有汽车，跑得再快也没有什么现实意义；但是阿布萨尔特认为，在运动中寻找戏剧性，就像在赌博中寻找乐趣一样，所以他对那种看法嗤之以鼻。对他来说，最重要的不是出人头地或者成为百万富翁，甚至也不是子孙后代乃至国家的发展，而是人类整个种族的存续。这是一种完全不同维度的、一般人根本无法理解的想法。为了人类这一物种的存续，就不能拘泥于个体的公平。这是他的基本思想。随意加工人类的精子和卵细胞以便创造出新人类的做法，自然也应当被允许，这也是他的结论。大概正因为如此，他对自己将精子散布到黑市的行为没有任何不安吧。

阿布萨尔特确实有一种新纳粹主义的思想。希特勒的目标是要广泛生产纯种雅利安民族的孩子，也就是所谓的国民自卫队；而阿布萨尔特则说过："推崇保时捷、宝马、奔驰等的有钱人，都在心底承认日耳曼民族的优秀。"出售精子时他也写到自己继承了日耳曼民族的血液。他还常常说，越是像纳粹德国那样将人的尸体当作动物般对待的国家，科学就越会进步。

就像哈里森的报道中提到的那样，在阿布萨尔特留在计算机里的日记文件中找到了有关希特勒的以下文字：

希特勒突然出现在战后迷惘的德国，向饥饿的民众提供了面包，最终经过极为民主的过程，以服务民众的形象和卓越的领导力被选为领袖。对于一般民众而言，只要自己的生活变好，就没有什么可抱怨的。希特勒在掌握权力的过程中曾经做过和肯尼迪类似的演讲："不要问你的国家能为你做些什么，而要问你能为你的国家做些什么。"这绝非单纯的偶然。

希特勒将自己的思想总结成一本书，这本书甚至比他自己预计的还有力量，也确定了他的独裁者地位。但他的幻想具有力量这件事本身并非他的责任。任何时间、任何地方，都存在像他这样的人。即使他把偏执的理论写成了书，他也有免责的权利。

最终，希特勒"为了民族的战争"逐渐失控。在创建了系统之后，他就像是正在倾覆的房地产公司的董事长一样，不考虑土地实物与登记册记录的背离，也无从掌握实情，只顾埋头躲在办公室里给文件签字，随后就像每个普通的上班族一样下班回家、喝两杯马提尼酒睡觉。只不过，从某个时期开始，他把家搬到了地下室而已。

令人惊异的是，在战争末期，分裂成东西对立的国家，却在认定希特勒是恶魔这一点上保持了奇异的一致。哪怕对他进行的战争审判被第三国的中立法官认为犹如中世纪的巫女裁判，也必须具有绝对的正当性。那么多人的死亡，都是希特勒那个疯子一个人的责任。战争本身总是残酷的。然而对这位可以说以一己之身背负了人类兽性的希特勒，他们却更像是怀有面对耶稣的感情，甚至恨不能为他的悲惨结局落泪。正是希特勒在战争中引入了最新的科技，或者也可以反过来说，科学需要像希特勒这样的人。只是在最后一刻，科学放弃了希特勒。用原子弹进行大屠杀的不是那个被人们视作疯子的希特勒。恶魔为了继续存在，转移到别的实体去，并且让新实体宣布自己是正义。

希特勒肯定知道所谓“不得不战斗”乃是彻头彻尾的谎言。反过来说，他钟爱的也许是无人可以企及的相对高度。正因为他远高于众人，他才不得不承受大众以为他身上充满矛盾的误解。他唯一相信的情感表现，不是悲伤、不是愤怒，也不是寂寞，而是一切哲学都欠缺的“笑”。但是那么多人居然会在卓别林的愚蠢电影中浪费珍贵的笑，他对此一定无法忍受吧。

因为是午餐会议，我拿了个汉堡包进入会议室。一个技术员在说无法重复这个月《自然》杂志的论文实验，阿布萨尔特正把糖纸揉成团，听到这话笑嘻嘻地说：“那边有不少俄罗斯来的家伙，为了拿绿卡拼命写论文，所以那些数据很多都是胡编乱造的。”

随后阿布萨尔特又问他知不知道旁边实验室的技术员得艾滋病死掉的事。技术员回答说知道，据说是个又瘦又高的黑人，最后好像是因为肺孢子虫病死的。阿布萨尔特用一种奇怪的开心语气说：“他在研究艾滋病。装艾滋病毒的试管在离心机里碎了感染上的。”

刹那间我甚至以为他在我不知道的时候提纯成功了。

脸色泛红的斯图尔特坐在圆圈的中心，将研究人员依次在投影仪上展示的一周研究成果事无巨细地全装进脑子里。很快轮到了阿布萨尔特。

“怎么样，提纯成功了吗？”

阿布萨尔特展示了装有部分提纯蛋白质的试管以及相关数据算是回答。这是粗提的蛋白质，也得到了我的确认。但这只是他当初声称自己发现的三种蛋白质中最初找到的一个而已。

“其他的呢？”

面对斯图尔特的疑问，阿布萨尔特无言以对。他脸上露出仿佛事不关己的奇怪神情。

“我们调查了你的情况。你并没有取得硕士学位，还在精神病院住过半年。那是怎么回事？”

我本以为哪怕只是粗提蛋白质也算是个可以接受的结果，但这番话却大大出乎我的意料。

“上学的时候我每天晚上都做同样的梦，梦见我的钱全被几个朋友卷走了，去精神科开了安眠药也没用。有天晚上我终于忍不住拿枪恐吓他们，朝他们开了好几枪，其中一枪击中一个人的膝盖，从那以后就不做梦了。过了几天来了警察，以故意伤害罪逮捕了我，给我做了精神鉴定，结论说并非精神病，但还是强制住院半年，后来因为态度端正恢复了学业。”

阿布萨尔特宛如讲述他人的事情一般抛出这些话，随后不等斯图尔特开口，便猛然推开会议室的大门，离开了房间。这也是我们最后一次见到阿布萨尔特。

斯图尔特嘱咐全体研究员禁止将这一事件外传，结束了会议。回到实验室，阿布萨尔特的桌子已经收拾得干干净净，桌上只有一张纸，上面潦草地写着：“既知概念中几无差异的、无意义且无限的组合。”这是在讽刺我们每天拼命做的事情吗？

斯图尔特最终也和阿布萨尔特的前任老板一样选择不公开阿布萨尔特的疑点，也没有要求杂志取消论文。阿布萨尔特在这间研究室发表的最后一篇论文是他离开一个月之后的事。尽管怀疑得到了证实，斯图尔特还是全力校对标有自己和阿布萨尔特名字的论文。

半年后，阿布萨尔特的事情已经在研究者中间广为流传，美国国立卫生研究院的卡斯特纳小组宣布他们重新成功提纯了 MAP2K（蛋白激酶的激酶）及 MAP3K（蛋白激酶的激酶的激酶），而且分子量和阿布萨尔特在论文中所写的一致。研究者们都为这偶然的一致吃惊。也有人认为阿布萨尔特说不定真的提纯成功了，但大部分学者反对给他平反。学界普遍认为，从当前所取得的研究进展来看，磷酸化多米诺理论——磷酸化酶将下一个磷酸化酶磷酸化，进而激活所有酶的活性——的真实性再也不容置疑。假如阿布萨尔特原本的目标只是让想象的概念得到实现，那么与他的主观意志不同，人们恐怕没法弄明白他的论文到底有多少是虚构的，又有多少是真实的。他也许是被自身编造的“谎言”欺骗了。如果他不把多米诺理论作为假说发表，甚至退一步说，如果他不是要给这一理论寻找怪异的实验证明，或许他会以理论生物学家的身份得到高度评价。实际上著名的诺贝尔获奖者罗伯特·科恩[1]就曾如此评价他的

1 这位罗伯特·科恩是作者杜撰的。

工作："如果他没有提供实验数据，而是将这一理论作为纯粹的假说发表，也许就会获得诺贝尔奖了。"（发表于《今日科学》）至于他提出的这一理论的优先权和独创性应该得到何种承认，至今也是众说纷纭。这有点像如何评价虚构作品中的登场人物真实性的问题，也许会被评价立体地呈现了复杂矛盾。但无论如何，他最大的错误就在于把他头脑中的虚构理论演变成了演算上的问题。

阿布萨尔特离开半年之后，面向一般大众的科学杂志《亚里士多德》邀请了若干年轻科学家，组织了一个关于未来人生活的特辑。我在其中看到了他的下述文章：

> 光滑的、完全密闭的银色房间。房门焊死在金属墙壁上，一扇窗户也没有。不存在任何秘密通道，只有更换衣物、送进食物、排出排泄物的管道。房间里只有锻炼设备和电脑。人在房间里每天操作电脑，在跑步机上跑上百万公里，通过药物得到各种体验，包括性欲在内的一切欲望都在药物的控制下得到完全的满足。这是和平团体推荐的节约型生活方式，充实、快乐、与他人绝对不会发生冲突。诸如改造引擎疯狂飙车之类的危险快感，可以通过调节神经递质这种更为安全的方式获得。神经递质与毒品具有相同的效果，但没有生理副作用，由此获得的经验之山与感情风暴除极度客观且无实际意义外，足可以同浸泡在毒品中的奢侈而愉快的生活体验

一较高下。这些人的工作就是制造复杂而单纯的计算机程序，他们得到保证说这些程序必定会对人类的未来做出切实的贡献，因此他们的人生是有意义的。他们通过电脑与他人联系、对话、交流，静静地度过无须区分自我与他者的一生，没有任何犯罪行为，在不知不觉中慢慢老去。他们的一生都由摄像机忠实记录下来，在死亡降临的刹那，他们可以回顾自己幸福的一生，而所有的一切都将由下一个克隆体继承。

这里描写的人类原型也许正是阿布萨尔特自身吧。

在网上检索阿布萨尔特的名字，发现他在被赶走之后还在继续发表论文，发表的时候隶属于政情不稳的科尔塞亚研究所。新论文是关于“无梦症”的新种病毒报告。受到这种病毒感染的人不再做梦，最终发展成精神失常。论文中说“无梦症”的患者无法区分真正的现实和大脑中的现实，同时附有“潜意识对表层意识的侵袭”这类怪异的考察。但是论文只说有这样的病例存在，并未给出有关病毒性质的客观数据。所以这篇论文实际上算是临床病例的详细报告，与他之前发表的基础医学论文的宗旨大相径庭，让人不禁认为也许是他的亲身经历。曾经编造过现实般谎言的他，这一回也许是在撰写谎言般的现实吧。

在那篇论文发表后不久，《新闻周刊》上刊登了有关阿布萨尔特的一连串纠纷。他在学会中已经成为一个棘手的问题，整个事件被认为是给科学界的一大教训。社会大众重新认识到科学界存在这样一种倾向：只要基本结论不错，就可以恣意创造合适的数据。即使像X射线照片这样的“实验证据”，也可以选用适当的放射线同位素去伪造。在科学中，如果有某种程度的敏锐直觉，虚构也可能成为真理。

据说即使已经知道阿布萨尔特的论文是虚构的，MEDLINE也不会将他的名字从数据库中删除。在某种意义上，阿布萨尔特的业绩确实如他所意图的那样永远留了下来。

关于离开科尔塞亚研究所之后的阿布萨尔特，私下传言说他曾经有段时间在中东国家从事与生物武器相关的研究。当有消息称某个大富豪正在南太平洋的岛屿上克隆自己的时候，也有流言说给他帮忙的匿名科学家就是阿布萨尔特。每隔几年，每当发生新的事件，科学的本质遭到质疑的时候，阿布萨尔特的名字就会再度出现，但是谁也不知道他真正的下落。前文提到的堂兄弟是阿布萨尔特唯一的亲戚，他在接受《时代》杂志采访时说，五年前最后一次收到阿布萨尔特从纽约寄来的信，之后再无音信。

艾尔顿·塞纳接受上帝的指引在圣马力诺撞车而死的那一年，报道这一消息的美国娱乐杂志*ELENA*在同一期上刊登了一则简短的特讯。特讯中说，罕见的骗子科学家阿布萨尔特可能已经死亡。特讯的根据是保存在研究所邻接的附属医院中的病历。特讯中说，在将病历数据转移到计算机进行管理的过程中，整理病历的人员偶然发现了还在研究所挂名的阿布萨尔特的病历，当即告诉了相识的科学记者，于是有了这篇报道。

“病历上的病名是恶性淋巴瘤。专家认为，从记载的进展程度和药剂耐受性看，阿布萨尔特离开研究所之后五年内死亡的可能性很高，今天依然存活的可能性非常低。”报道中如此写道。

在写下这份病历时，阿布萨尔特身边没有一个人知道他的病情。每天都去健身并且练习空手道的他，尽管想要锻炼出强健的肉体，最终还是像他所捏造的数据一样，都成了泡影。也许对他而言，只有病历上所写的恶性淋巴瘤并非幻想，而是确凿无误的事实吧。

今年（2001 年）4 月 1 日的《自然》期刊上，以本该遭到驱逐的阿布萨尔特的名义，刊登了一篇论文。论文题目与众不同，叫作《瑞普·凡·温克尔的老鼠》[1]，内容却是有关永生基因提取成功的消息，刹那间我不禁怀疑是不是同名同姓的人。瑞普·凡·温克尔是小说主人公的名字，他在意识到自身时间的刹那间老去，这个结局与浦岛太郎的故事颇为相似。论文指出鱼不会变老的事实，说鱼的死亡不是老死，而是病死或者因意外死亡，反之只要条件合适就会一直存活下去，所以作者从鱼的体内提取出名为 Fish 的基因，将之注入老鼠体内，便创造出不死化的老鼠。将 Fish 和能够诱导细胞死亡的 P21 基因一同注入老鼠的生殖细胞，老鼠的寿命也得到延长，不过也产生了伴

1《瑞普·凡·温克尔》是美国作家华盛顿·欧文的作品，描写主人公瑞普在山中一觉睡了二十年的故事。

随老化的各种机能障碍。从中挑选稳定的个体加以繁殖，便得到了完全不会老化的老鼠。但将之放到可以激活 P21 的环境条件下，老鼠又会一起死亡。实际上论文最后注明这是愚人节的玩笑，让研究者意识到自己结结实实地上了当。当然，阿布萨尔特的名字也是与这篇论文相适应的一个小笑点吧。

我自己并不讨厌阿布萨尔特这个人物，直到今天都是如此。不过正因为非常了解他，所以对他怀有一种复杂的感情。坦白地说，我也曾经有意识地隐瞒与结论相矛盾的数据，将之当作实验失败的结果（恐怕其他许多研究者也一样）。这虽然算不上主动捏造，但从某种意义上说，也是一种数据加工。借用阿布萨尔特名义的论文，也许是对研究者本性的尖锐批评。

后记

因为去年的某个契机，我开始在美国休斯敦工作。为了学习英语，我将自己以前写的小说译成英文，拿去 Vertical 出版社，有幸得到出版，据说接下来还会翻译成俄语。其实我的作品多发表在小说类杂志上，对于结集出版并不太热心，所以随着文库本的绝版，眼看就要成为只能读到外文版的稀有作家了。这样也许自有其有趣的地方，不过到底还是有些寂寞，这也成为此次慌忙请求国内出版的缘由。

除了《D. 摩尔事件》是新写的作品，本书收录的作品都是在很长的时间里积累写成的，可以说每篇都含有深入的思考。《希望海鞘》是在 *SF Magazine* 上的第一篇作品，那也是我从孩提时代就开始读的杂志。《冬至草》刊登于《文学界》，是在幻想与现实的狭缝间格斗的作品。有幸受到错爱的作品是被选入年度佳作短篇集《文学 2000》中的《手心的月亮》，以及自己第三次获得芥川赏提名的《直到瞑目的短短瞬间》。无论哪一篇，都是一边烦恼一边修改，写过的文字量都是当初刊登时的数倍。最后收录的《阿布萨尔特评传》则是让我感觉摆脱了长期以来的萎靡不振的作品。

在这些小说的写作期间，虽然也曾被派去省厅一段时间，不过基本上都是一边做外科医生一边写作，经常也会有半年写不了一行字的情况。即便如此，我还是在医生和作家两个行业中艰难前行，这大概与我自己不知如何选择的性格有很大关系。在医学方面，我一直在临床和基础研究两个方向上工作，而在写作上也不知道纯文学作家和科幻作家的标签哪个更适合我。正在做某件事的同时又会萌生出对另一件事的欲望，这种借口人们大约会形容为“心猿意马”吧。对我自己而言，则是宁愿自我开脱般地解释为与其他领域相互切磋的状态。

在这两者之间摇摆不定而生出的，恐怕不是很易于阅读的作品，能够被各位读者饶有兴趣地阅读，我十分感谢。虽然我并不是故意要写晦涩难读的作品，也有意识地想要写简单一点，但每每到了核心部分就会力所不及。因为自己是在格斗中写作，无论幸或不幸，我也只有赌上胜负这一条路。我相信，提供自己全心全意的作品，才是我能做到的最大的诚意。

回头去读自己作品的时候我也发现，很多小说都以孩子作为作品中心思想的载体。即使会有“将纯真无邪的孩子当作小说的逃脱之道用起来真是顺手”的严厉批评，我也无所畏惧地频繁追求孩子的世界。之所以如此追求，我想必定是因为有被遗忘在遥远日子的东西。那东西难以用一句话描述，所以变成一篇小说，但就连小说也不够充分，所以变成一本书……“孩子的世界”也就是“梦”的实质，那同时也是“科学”本该有的东西。然而在今天，所有这些彼此之间都在不断疏远，看不出各自将会去向何方。我想自己今后也将继续写作、不断追求吧。

最后要说的是，没有早川书房盐泽快浩先生的尽力协助，本书的出版是不可能的。在此感谢因为我的深夜写作而患上失眠症的妻子，以及因为时差的关系总是在深夜收到邮件的盐泽先生。此外杂志刊登时的编辑大川繁树先生和水野好太郎先生，我也想借此机会表示感谢。

Some thanks to my niece Narumi and my daughter Miyu for giving me ideas of novels.

2006 年 5 月 25 日

于自家 Phoenix Drive Houston

石黑达昌